KB106797

망월동에 핀 진달래 철쭉꽃

중·고·대학생 민주화 교육을 위한 지침 자료

김 영 임 |자화상적인 실화소설|

신세림

망월동에 핀 진달래 철쭉꽃

중 · 고 · 대학생 민주화 교육을 위한 지침 자료

김 영 임 |자화상적인 실화소설|

머릿말

국민 여러분!

노벨 문학상 타는 것과 정치에 입문하는 것이 동일하다고 생각하십니까?

때가 되면 문예창작 작품에 대한 판로가 결정이 되어 출판사 역할을 정부가 해야만 합니다.

교육인적자원부 소속 대한 교과서에서 외국어로 번역해서 출판하고 외교통상부 장관과 대통령이 APEC, WTO 회원국에 수출하여 국가(대통령 정부)가 수금을 하여야 합니다.

물론 작가인 나와 대통령과 계약 그리고 대통령과 APEC, WTO 지적재산권 대우를 받기 위해 회원국과 국제간 계약을 해야 합니다.

국제법을 공부하려 뉴욕으로 유학을 간 김민석 전 국회의원(영등포구을)과 상의해서 국제간의 무역 장벽을 철폐하고 무역을 자유로이 할 수 있는 지금 경제난에 허덕이고 있는 국민들에게 해줄 수 있는게 무엇인지 생각하고 판단해서 선진국 복지사회를 실현 하도록 노력하겠습니다.

이런 복지 사회를 이룩하기 위해서는 부정부패가 없는 국정이 투명해야만 합니다.

5.18 광주사태에 대해 좀더 명확하게 진상규명이 이루어졌으면 하는 바람입니다.

온 국민들께서는 민주주의 통일 교육을 위한 세계평화를 위해 조용히 펜을 들고 한줄한줄 피를 말리는 작업으로 쓰여진 나의 창작작품을 읽어 보시고 사 주셨으면 하는 바람입니다.

그렇게하면 세계 판로를 개척하여 세금을 많이 내고 잘사는 선진 복지 사회건설에 이바지 하겠습니다.

판단은 국민들이 하시고 나는 맡은 바 일에 충실하여 미래의 발전에 무안한 영광을 함께 하시길 바랍니다.

이 소설을 쓰다 보니 한해가 또 쉬 훌쩍 저물어 갑니다. 각 가정에 평화와 행운이 함께 하시길 하느님께 기도하며 이만 마감합니다.

2005년 12월 크리스마스 캐롤송을 들으며

김 영 임

차례

7. 동짓달 긴 밤

8. 빼앗긴 봄

9. 망월동에 핀 진달래 철쭉꽃

10. 만남

11. 결혼

12. 꿈이 이루어지다

1

불꽃은 강물속에 반짝이고

친척들

그해 가을 풍년이 들었지만 우린 빚을 많이 졌었다. 안채, 바깥채하는 예전 집을 팔아서 빚을 청산하고, 살구나무가 있고 그 앞에 우물이 있는 예전의 집보다 더 못한 집을 사서 이사를 했었다.

앞에는 경찰서가 있고 경찰지서 뒤 한 집 걸러 우리 집이었다.

추수가 끝난 텅빈 들판은 여기 저기 짚더미로 가득했고 보리 갈기에 바쁜 때였다.

이렇게 난 한 농촌의 농부의 딸로 태어났다.

대대로 선비 집안이였고 할아버지의 할아버지 때부터 이곳에서 양반 행세를 하며 대지주로 살았었지만 일제때 토지를 빼앗기시고 할아버지는 일본으로 건너가 독립운동을 하시며 탄광에서 일을 하셨었다.

인부들 두 세명씩 거느리고 철로를 타고 고장난 철로를 고치며 다니셨다. 그런데 해방이 되기전 큰할아버지께서 편지를 자주 하시고 전보도 쳐서 '해방이 되면 일본에서 나올 수 없으니 빨리 고향으로 돌아와 예전처럼 방앗간을 경영하라' 고 설득하셔서 어쩔수 없이 그동안 일한 세경도 받지 못하고 콩 두 되를 볶아서 요기를 하며 한국으로 되돌아 오셨었다.

배고픔으로 거지가 다 되어서 송정역에 돌아 오셨지만, 그래도 할아버지가 살아서 돌아 왔다면서 집안에서는 잔치가 벌어졌었다.

일제때 토지를 다 빼앗기고 가난과 싸우면서도 공부하던 아버지 사촌 형님인 당숙은 서울에서 대학을 나와 행정 고등고시에 합격해 도청에 농림국장으로 있을 때였다.

기억에 기억을 더듬어보면 이사를 했던 1964년, 나는 다섯 살, 바로 밑 동생 현호가 어린아이였고 그해 섣달 초열흘 균호가 태어난 기억이 난다.

몹시 추운 겨울이었다.

눈보라가 거세게 불던 밤 우렁차게 애기 우는 소리에 깨어보니 건너방 작은 방에서 엄마는 세번째 아이인 건강한 사내 아이를 낳으셨다.

엄마는 남달리 귀여워 하셨다.

일제 때 망한 후 많은 빚을 지셨는데 그 빚을 다 갚고 다시 새롭게 살림을 시작하는 의미를 가지고 태어났다고 해서 깊은 애정을 가지고 계셨다.

막 태어난 핏덩어리를 보고 복덩이가 태어났구나, 하시면서 좋아하셨다.

나는 여동생이 태어났으면 했지만 그래도 남동생이 하나 더 생겨 대장놀이를 할 수 있어서 즐거웠다.

그 후 4년 뒤 막내 여동생이 태어났다. 참으로 동생이 귀여웠다.

우리 동네는 황룡강이 흐르고 황룡강따라 광주 비행기장이 자리를 잡고 다리를 건너 남쪽으로 4km를 걸어가면 전남 광산군 평동면 옥동리가 나의 고향이다.

물 좋고 경치 좋고 황룡강을 건너 둑에 올라서면 탁트인 넓은 평야, 주로 농사를 짓는 전형적인 농촌 마을이였다.

아버지는 공무원이면서 농사를 짓고 엄마는 들일을 많이 하시는 농부의 아낙이였다.

엄마의 고생은 이루 말할 수 없이 많으셨다.

우리는 할머니 할아버지 보살핌 속에 자랐다.

이사를 가고 여섯살이 되자 할아버지는 벌써부터 기역 니은 가갸 거겨 고교 구규 그기 한글을 가르치시기에 바빴다.

할아버지는 서당에 십년을 다니셨고 해방이 되면 과거를 보아서 장원급제를 하려고 공부하셨는데 그 꿈은 이루지 못하시고 손녀를 초등학교에 보내기 위해서 한글을 가르치셨다.

그리고 역사며 우리 가정이 이곳에 정착하기까지의 내력을 술이 취하시면 시조를 읊으시면서 말로 깨우쳐 주셨다.

말한즉 우리는 김해 김씨 가락국 김수로왕 72대 세손이며 통일신라 이전에는 김해에서 조상들이 살았고 삼국통일의 장군이였던 김유신과 원술랑의 후예이며 조선시대 서울에서 정착하여 살다가 사도세자가 죽은 후 영조때에 유배를 와 광산구에 터주 대감으로 대 지주로 살아온 지 이백년이 되었다면서 역사앞에서 우리 조상들은 바른 말 하면서 살았었다고 늘 말씀하셨다.

우리 조상들의 자랑이 아니라 이것은 생생한 역사였다. 나는 술이 취하신 할아버지가 하고 또 하신 말씀을 가슴 깊이 새기게 됐었다.

나는 할아버지가 좋았고 할머니도 또한 좋았다.

어리광을 부리면 잘 받아주셨고 귀하다하시며 늘 무릎에 앉히시고 손녀손자 재롱을 보면서 말년을 보내셨다.

할아버지 형제는 삼형제와 고모할머니 한분이 계셨다. 큰 할아버지는 2남 4녀를 두셨고 할아버지는 2남 1녀를 두셨고 작은 할아버지는 2남 4녀를 두셨다. 그 중에 같이 놀았던 기억은 작은 할아버지의 둘째 아들 재원이 삼촌과 연하의 막내고모 영옥이었다.

재원이 삼촌은 두살 위였고 영옥이 고모는 한살 아래였다. 같이 재미있게 놀았던 추억이 있었다. 나는 오빠가 없었지만 삼촌을 오빠처럼 여겼고 고모를 친구처럼 생각했었다. 우리의 유년시절은 그렇게 즐거웠고 재미있었다.

걸어서 십 리를 가면 송정읍장이 섰었다. 오일만에 서는 오일장이었는데 할아버지는 낫이며 호미를 그 장에서 사오셨고, 맛있는 과자며 옷가지들은 엄마가 사오셨다.

송정읍장에는 할아버지 엄마가 번갈아가며 다녀오셨다.

동네 입구에 골목을 지나 맨끝집에는 강효순이가 살았었다. 제일 친한 친구였고 효순이 아버지는 큰집에 머슴이었다.

형제는 3남 4녀, 그 중 큰 언니 작은 언니는 효순이의 이복 언니였다. 큰집이 망하고 나서 큰 마누라가 미쳐 버려서 효순이 아버지는 과부한테 장가가서 아들 삼형제와 딸 둘을 두었다.

형제들이 옹기종이 모여 살았고 우리 집과는 자주 내왕하면서 살았었다.

큰 할아버지가 머슴살이를 다하고 나서 논과 밭을 많이 떼주어 그 동네에서는 제법 밥술이나 먹는 집으로 형편이 바뀌었다.

엄마의 친정은 곳싸움으로 유명한 광산군 대촌이였다.

엄마의 할아버지는 서당 훈장 선생님이었고 외할머니는 유교집안에서 자라 자식교육에는 엄격했었다.

외할머니는 외삼촌을 잘 가르치려했지만 가정 형편이 6.25를 겪고 기울어서 초등학교까지 가르치고 집에서 한문을 많이 가르쳐 가정 교육에 힘쓰셨다.

엄마는 시집와서 친정에 다니러 가지 못하시다가 내가 3살이 되어서야 외가에 다녀오셨었다. 시집오신 후 처음 바깥 나들이었고 외할아버지는 외손녀를 한번 안아 보시고 그해 여름에 세상을 뜨셨다.

수염을 기른 외할아버지였는데 내가 철이 들고 부터는 볼 수 없는 아쉬운 외할아버지였다. 별로 부유한 집이 아니였고 전주 이씨가 몰락했지만 양반행세를 계속 고집하는 이름 뿐인 양반이였다. 고래등 같은 기와 집이 아니었고 날이 저물때면 모락모락 연기가 피어 오르는 초가집이었다.

엄마는 외할아버지 제사때면 일년에 한번씩 외가에 다녀오시곤 했다.
엄마는 외가에서 집으로 돌아올 때면 언제나 눈물을 흘리셨다.
살기가 힘이 드셨던지 정이 많이 든 친정집을 떠나올 때마다 우시는 모습을 지켜보는 나의 마음은 어린 마음이였지만 갈기 갈기 찢어졌다.
서창 입구에서 송정으로 달리는 버스 창가로 시원한 바람이 불어와 머리카락이 흩날렸다. 엄마는 항상 머리를 길러 양갈래로 묶어 따주셨다.
가로수 나무에서는 녹음이 짙게 그늘을 드리우고 여름 오후의 햇볕을 식히며 삼복 더위가 지나고 마지막 더위가 기승을 부렸다.
"엄마 이제 집에 가?"
"그래."
아까부터 울던 엄마는 얼굴이 밝아졌다.
나는 다후다로 엄마가 예쁘게 지어주신 빨강 원피스를 입고, 엄마는 돌이 안된 균호를 업고 버스 안에 자리를 잡고 서 있었다.
엄마가 왜 울었는지 물어볼 수가 없었다.
나는 알 수가 없었다.
나는 집으로 돌아가는 것이 좋았지만 엄마는 외할머니와 헤어지는 것이 싫은가 보다. 엄마의 치마를 잡고 서 있었는데 종점이 가까워지자 사람들이 하나 둘 내렸다. 나는 자리에 앉아 생각에 잠겼다.
송정읍에 도착하자 엄마는 나에게 말했다.
"천천히 조심해서 내려라."
"네 엄마."
버스에서 내리자 할아버지가 현호를 달구지에 태우고 마중 나와 계셨다. 현호는 외가에 데리고 가지 않았다. 현호는 엄마와 나를 보자 좋아서 어쩔줄을 몰라했다. 동생과 놀지 못하고 이틀간 외가에 다녀왔는데 현호를 보니 무척이나 반가왔다. 외가에서 싸주신 보따리를 싣고 나와 현호와 엄마는 나란히 소 달구지를 타고 할아버지는 앞에서 고삐를 잡고 앉았다.

평동면 옥동까지 버스가 다니지 않을 때였다.

석양이 뉘엿뉘엿 지며 하늘가에는 저녁 노을이 타올랐다.

황룡강 다리를 지나는 강바람이 시원했다.

노을빛을 받은 강물은 붉은 비단빛으로 일렁거렸다.

노을빛이 솟구칠 때마다 사람들의 탄성이 멀리 봉룡산 마루까지 뒤흔들었다. 노을빛이 사그라지고 사람들의 탄성이 잦아들때쯤 불빛을 받은 물살 아래로 은빛 고기떼가 빠른 속도로 헤엄쳐 갔다.

평동들에는 벼들이 파랗게 검은 땅거미가 짙어오고 여기저기 집들에서는 불빛이 반짝거리며 새어 나왔다. 강둑이나 강가는 지난 봄 어른들을 따라와서 조개 잡은 기억으로만 남아 있을 뿐 나에게 아직 익숙한 곳은 아니었다. 아직 포장되어 있지 않는 시골 길에 군인차들이 이따금씩 지나가면 먼지가 날아오고 손을 흔들어 주었다.

동네 입구에는 두 갈래 길이 있었다. 왼쪽 길이 집으로 향하는 길이었다.

경찰 지서 앞에는 조그만 동산이 있었다.

자그맣고 예쁜 동산에 큰 소나무 한그루도 있었는데 그 소나무를 파고 불도저로 동산을 깎아내려 길을 만들었다. 경찰지서 입구에 곰밤나무 두 그루가 무성히 서 있었다. 경찰지서를 바라보며 달구지 타고 집으로 들어갔다.

부엌에서 나온 할머니가 반기셨다.

"내 새끼 외가가서 귀염받고 왔는가."

"네, 할머니도 잘 계셨지요."

할머니께 인사하고 나는 손과 얼굴을 씻고 밥상앞에 앉았다. 그때 아버지가 퇴근하고 집에 오셨다. 아버지는 나를 안아 주셨다. 온 가족이 큰도리상에 앉아 밥을 먹었다.

우리 가족은 할머니, 할아버지, 아버지, 엄마, 어릴 때 이름이 경희인

나, 큰동생 현호, 둘째동생 군호, 나중에 태어난 막내 여동생 미경이 여덟 식구였다. 너무나 평화로운 저녁이었다.

살구 나무에서는 살구를 다 따먹고 잎사귀가 짙은 녹색으로 시원한 저녁을 노래했다.

너무나 아름다운 집이였다.

전원의 향기가 물씬 묻어 나오고 텃밭에는 오이 가지 고추 호박이 가꾸어져 흙과 더불어 삶을 일구어 가고 있었다.

초가 지붕이였고 담은 흙으로 만들어졌고 볏짚으로 지붕이 이어졌다. 모닥불을 피우며 평상에 누워 별이 뜬 북두칠성을 가르쳐 주시는 할아버지는 벌써 잠이 드셨고 나는 나무 끝까지 올라가 별을 따고 싶었던 그때 별똥 하나가 떨어졌다.

누가 죽으면 별똥이 떨어지고 내가 죽으면 별이 된다는 할머니의 전설을 믿으며 커갔다.

세상이 그렇게 잠든 시간 사방은 고요했다.

너무나 조용한 밤.

상처

찬란한 아침해가 솟아 올랐다. 언제나 우리들의 놀이터는 지서 앞과 지서 담이었다.

유년기 때 같이 놀았던 애들은 어디론지 뿔뿔이 헤어지고 지금은 어디에 사는지조차 모르지만 재원이와 영옥이는 친척간이고 어릴 때부터 친하게 지냈다.

우리 동네는 윗동네와 아랫동네로 편이 갈라졌고 고무줄 놀이, 땅따먹기, 공기돌놀이 할 때도 편을 갈랐다.

남자 아이들은 딱지치기, 구슬따먹기, 못치기 등을 하고 놀았는데 재원이는 친구들하고 딱지치기 할 때면 딱지를 나에게 맡겨 놓고 옆에서 구경만 했다.

농사철에 일을 할 때면 옛날부터 내려온 두레가 성행했다.

집집마다 품앗이로 모내기 추수하기를 했다.

모내기 철이든 추수 철이든 자기 집에서 일할 때면 밥을 해서 들로 나갔다. 그때면 집에서 먹는 밥보다 들에서 먹는 밥이 더 맛이 좋았다.

이번 추수철에는 우리 집 벼를 베는 날이라 나는 엄마를 따라가 벼가 누렇게 익은 들녘에 앉아서 공상을 즐기곤 했다.

밥을 차려 놓고 빙둘러 앉아 식사를 했다.
"올 가늘에도 풍년이군."
"우리 논에 벼가 많이 나오겠어여?"
"모르지. 타작을 해 보아야 알지."
아버지는 출근도 하지 않고 우리집 벼베기에 바빴다.
나는 시골 풍경을 그린 이삭줍기와 해질무렵 종소리를 듣고 기도하는 만종을 좋아했다. 농촌의 풍경을 잘 나타내는 전형적인 그림이다.
파아란 가을 하늘은 높고 푸르기만 하다.
우리 논 옆에는 여름이면 고기도 잡고 멱도 감는 자그마한 시냇가가 있다. 맑은 시냇물 소리를 들으며 우리의 정서도 안정이 되었다.
기계가 발달하지 않았을 때여서 벼를 베고 가을 볕에 몇일 말리면 뒤집었다. 다시 묶어서 차곡차곡 논둑에 열짚씩 쌓아두고, 다음날에 볏단을 집으로 실어 나르곤 했다. 집에 있는 텃밭에 볏단을 높이 쌓아두고 다시 몇일이 지난 뒤에 집에서 타작을 했다. 이렇게 농부들의 피와 땀으로 곡식을 걷어들이고 그 곡식이 방앗간에서 쌀이 된 뒤 시장에 나가 도시 사람들의 식탁에 오르는 것이다. 누런 들판은 갈기갈기 찢어진 옷을 입고 허수아비만 텅빈 들녘을 지킨다.
다음 해에도 풍년을 기약하면서 허수아비의 노래에 꿈을 담아 먼 미래로 보낸다. 그런 가운데 누런 호박이 익고 밭에는 고구마, 콩, 팥이 익어갈 때면 추수가 끝나고 밭의 농작물을 거두워 들일 때이다.
포장을 깔고 깨를 털어 놓고 시골 아이들의 유일한 먹거리인 고구마를 캤다. 괭이로 파면 요술처럼 나오는 굵은 고구마를 가마니에 가득담아 한 가마 두 가마 실어다 방안에 재어두면 추운 겨울 내내 우리들의 푸짐한 먹거리가 됐다. 그런 뒤 콩과 팥은 뽑아 거두어서 햇볕에 널어 마당에 차례차례 놓고 도리깨로 때린다. 타작한 다음 콩을 삶아 메주를 쑨다.
콩은 솥 안에 가득넣고 물을 부어 불을 땐다. 다 익은 콩을 도구통에 넣고 콩콩 찧는다. 다 찌은 콩을 네모로 만들어 짚을 엮어 방안에서 띄운다. 우리 선조들의 슬기와 지혜가 그대로 전해 내려온다.

오곡백과가 풍성한 가을은 깊어만 간다.

어느 가을날엔가 끝물인 포도를 많이 사 오셨다. 나는 하루종일 포도 먹는 재미에 시간가는줄 몰랐고 굵은 포도알은 따서 포도주를 담갔다.

가끔씩 싸늘한 바람이 불어와 포도주 담그느라 분주한 엄마의 치마가 나부꼈다.

동화에서 나오는 선녀와 나뭇꾼같이 늦가을에는 나무하러갔다. 2키로쯤 걸으면 봉룡산이 나오는데 그 산에는 군인들이 훈련을 받아 총소리가 나서 가지 못하고 봉룡산 보다 낮은 이름없는 산에서 나무를 했다.

단풍이 들어 낙엽이 된 자작나무 가랑잎 솔잎들을 긁어 모았다.

지금은 나무를 하는 것이 금지되었지만, 내 유년시절 때는 나무를 해서 겨울 땔감으로 사용했다.

나무뿐만 아니라 밤이나 감을 따러 산으로 올라가곤 했다. 긴 대나무를 가지고 밤을 두드리면 밤송이들이 무더기로 떨어졌다. 그러면 흰장갑을 끼고 집게로 빼서 푸대에 가득담아 내려오는 발걸음이 가벼웠다.

우리집에는 살구나무, 감나무, 대추나무, 오동나무가 있었다. 땡감이 익으면 따서 차곡차곡 박스에 재어 겨울에 눈이 올 때면 방안아랫목에 앉아 홍시먹던 추억이 있다. 그때의 맛이란 둘이 먹다 하나가 죽어도 모를 지경이었다.

대추를 따서 여름에 삼계탕을 끓일 때면 넣었고 겨울에는 약으로 삼을 넣어 다려 먹었다.

가을이 끝나고 마지막 낙엽이 떨어지면 첫눈이 내렸다.

그렇게 겨울이 왔다.

초 겨울에는 김장을 한다. 밭에 심은 배추, 무우를 뽑아 갖은 양념을 해가지고 소금물에 저려내어 깨끗이 씻은 배추를 물이 잘 빠진 뒤 버무린다.

이렇게 김장이 끝나면 겨울 준비는 다 된 것이다. 긴 겨울은 할아버지 할머니의 이야기 소리와 함께 깊어만 간다. 화로에는 밤이 토실토실 익어 가고 엄마는 할아버지 한복 바느질 하시기에 바쁘시다.

어느날은 동네 결혼식이 있었다. 어린 마음에 할머니를 따라가고 싶었지만 할머니는 동생들하고 집에서 놀라고 하시며 나가셨다.

예전에는 잔치집에 갈 때에는 쌀이 귀한 때라 바구니에 쌀을 가득 담아 가곤 했다.

나는 할머니한테 가고 싶었다. 동생들이 노는 틈을 보아 살짝 방에서 빠져나와 잔칫집에 갔다. 그때 동네 아이들이 길에서 못치기를 하고 있었다.

"아랫동네 살던 애가 윗동네까지 놀러왔어."

"이런 애는 상처가 나 보아야 해."

하면서 못으로 내 이마에 상처를 냈다.

나는 동네 아이들이 미웠다. 너무너무 싫었다.

그때 겨우 여섯살박이 계집애였는데 어린 나에게 상처를 입혀 피가 나왔다. 나는 하염없이 울었다. 그렇게 아플 수가 없었다. 나는 처음으로 아픔을 알았다. 나의 울음소리를 듣고 어디에선가 할아버지가 나오셨다. 연락을 받고 오신 아버지는 자전거를 타고 송정읍내 병원으로 가셨다. 그때의 날씨는 겨울이였지만 삼한사온이 있어 포근한 때였다.

아버지는 나를 안고 소아과 병원안으로 들어갔다.

의사 선생님은 나를 눕혀 놓고 세 바늘을 꼬맸다. 아팠지만 의사 선생님께서 재미있는 이야기를 해 주시며 치료를 해주셔서 그 아픔도 잊을 수 있었다.

"나중에 자라서 무엇이 되고 싶니?"

"글쓰는 작가 선생님이 되고 싶어여."

"그래 꿈이 멋있구나."

그때 나는 한글을 절반쯤 깨우칠 때였다.

의사 선생님은 상에 대해 말씀해 주셨다.

"세계에서 가장 권위있는 상이 노벨상이란다."

그 때 들은 의사 선생님의 말씀이 나의 뇌리에서 떠나지 않았다.

다시 자전거를 타고 황룡강 다리를 건넜다.

강바람이 차가웠지만 의사 선생님과의 대화가 깊이 자리를 잡아 내 머리속에 맴 돌았다.

몇일 후 광주에 사는 당숙집으로 갔다.

당숙모가 간호사 경험이 있어서 내 이마의 실밥을 아프지 않게 면도칼로 잘 빼주셨다. 당숙모는 아기를 가져 배가 불러있었다. 식모가 해주는 늦은 점심을 먹고 버스를 타고 가게에 맡겨놓은 자전거를 타고 집으로 돌아왔다.

집에서는 음력설이 다가와 바빴다.

그날 저녁에 엄마는 방앗간에서 긴 가래떡을 해왔다. 굳으라고 마루에 내다놓고 다음날에는 물엿 조청을 했다. 가마솥에 물엿을 넣고 끓이는데 나의 마음은 너무나 포근하고 넉넉했다.

설빔으로 때때옷을 만들어 주시고 깨강정이며 콩강정 약과 유과를 만들어 먹을 것이 푸짐했다.

설 전날은 설을 세러 목포 세무소에 다니시는 삼촌이 오셨다. 목포에서 하숙을 하시는 삼촌은 나와 동생들을 귀여워해주셨다. 친 삼촌이라고는 하나밖에 없는 터이라 삼촌을 몹시 따랐다.

설날 아침 상을 차리고 차례를 지낸 뒤 예쁜 한복을 입고 할아버지 할머니 아버지 엄마 삼촌에게 세배를 했다.

돈이란 것을 알게 되면서 처음으로 세뱃돈이라는 것도 받아보았다.

온 가족이 빙둘러 앉아 떡국으로 아침을 먹은 뒤 큰 집 작은 집으로 세배를 갔다. 그 날은 복주머니에 용돈이 두둑했다. 그렇지만 그 돈을 쓸줄도 모르고 엄마가 달라고 해서 다 드린 기억이 있다.

나는 어릴때 엄마가 나만을 보아주고 놀아주셨으면 하는 어린 마음이 있었다. 할머니 할아버지가 보아주지만 나는 엄마가 더 좋았다. 너무 아름다운 분이셨다. 꽃다운 스무살에 시집와서 스물여덟 내 나이 일곱살 새해 아침은 밝아왔다.

그렇게 너무나 아름다운 시골이였다.

설날을 보내고 보름이 지나자 정월대보름이 되었다.

일년 중 가장 달이 밝은 정원대보름이라서 이 고장 아이들은 밤이 으슥하도록 냇가에서 놀 수 있었다. 달집이 사그라지고 몇몇 큰 애들은 어른들이 가고 난 불 무덤 주위에 둘러 앉아 이야기 꽃을 피웠다.

윗동네 아랫동네 아이들의 싸움도 벌어졌다.

냇가 이쪽에서 내더위 니더위 맞더위 하고 외치면 그쪽에서 똑같은 말이 건너왔다. 그렇게 대보름날 말싸움 하는 것은 이 고장의 오랜풍습이었으므로 어른들은 아이들의 말싸움을 오히려 흐뭇하게 여기고 싸움의 현장을 피해 주셨다.

재원이 삼촌은 불깡통속에 새 관솔을 담느라 여념이 없고 나는 뜻도 모르고 목이 터져라 큰 아이들을 따라 고함을 질러 댔다.

윗동네 아랫동네 말싸움도 잠잠해지고 이제 아이들은 냇가를 떠났다.

불 깡통을 돌리던 재원이 삼촌의 팔도 서서히 힘을 잃었다.

불쏘시감으로 쓰이던 쇠똥이나 말똥 그리고 관솔도 바닥이 났다. 그때쯤 멀리 냇가에서 아버지가 부르는 소리가 났다.

재원이 삼촌과 영옥이 고모, 나는 집으로 돌아왔다.

늦게 오곡밥을 해 놓고 상을 차렸다. 배가 고프기도 했지만 참기름을 바르고 고실고실하게 구운 김에 오곡밥을 너무 맛있게 싸 먹었다.

재미있게 놀면서 명절을 보낸 어렸을 적 잊지 못하는 추억으로 책장에 쌓여져 갔다.

2

사춘기 시절

성당의 종소리

나는 중학교 들어가기 전 육학년 겨울 크리스마스때 세례를 받았다. 고전 읽기반을 맡으신 초등학교 양호선생님께서 글을 잘쓰려면 교회에서 가르침을 받고 은총을 받으면 글을 잘 쓸 수 있는 달란트를 받는다고 전도하셔서 열살때부터 다녔다. 중학교 입학할 때쯤엔 제법 성당에 다니는 학생들이 많았다.

시골에 있는 천주교회라 신자수가 적어 공소였다. 신부님 수녀님이 계시지 않고 회장님이 맡아서 미사를 보시는 작으마하고 예쁜 교회였다.

아침에는 새벽종 점심때 저녁때면 하루에 세번씩 삼종기도를 알리는 성당의 종소리를 들으며 자랐다. 성당앞에는 자그마한 동산이 있었는데 소나무가 많이 심어져있고 산소가 한두군데 있는 야산이었다. 나무가 많은 산을 배경삼아 그때에는 흑백사진도 많이 찍었다.

학생들이 모여서 문학의 밤도 열었는데 사회보는 사람, 나와서 노래부르며 시도 낭송하고, 코믹한 프로도 있고 장기 자랑하는 시간도 있었다.

회장님 사모님은 슬하에 아들 둘 딸 하나를 두었는데 모두 나보다 어린 나이였지만 우리들의 추억을 많이 새겨진 어린 소년이었다.

추억속의 이름이지만 김종님 강효순 그리고 나 선배 언니들도 서넛있었고 남학생도 꽤 많았었다. 성당을 예쁘게 꾸민다고 낫으로 풀을 베며 꽃씨도 심고 대청소하고 교회에 텃밭도 가꾸었다. 호박 상추 시금치 마늘 부추 파도 심어졌고 자그마한 집도 성당안에 있어서 회장님 가족이 살았다.

토요일 일요일이면 신부님이 계시지 않았지만 회장님 주도 아래 미사도 꼬박꼬박 빠지지 않고 참석했었다. 한달에 한번씩 신부님 수녀님이 주일 오후에 고백성사도 보고 성체 성사도 보고 찬송도 배웠다. 교회 안에는 피아노가 아니라 풍금이 한 대 있었는데 수녀님은 풍금을 치며 모르는 성가를 가르치셨다.

나의 성장기에는 우리집의 유교적 권위주의보다 카톨릭의 영향이 컸다.

천주교회는 술과 담배도 음식이라고 허용이 됐고 위폐만 모시지 않으면 절도 하고 제사도 지낼 수 있었다. 여름방학때면 학생들을 모아 놓고 성경공부도 했다. 성경공부를 하다가 지치면 물 좋고 산 좋은 곳으로 수련회도 떠났다. 물놀이도 하고 모여서 기타치고 노래를 부르면서 추억을 새기며 보냈다. 예수님을 알고부터 기도를 많이 했다.

책을 많이 읽고 시작노트를 사서 시를 쓰기도 하고 일기도 썼다.

중학교에 입학해서 첫번째 국어 시간에 배운 시는 아직도 잊을 수 없었다. 시가 너무 감명 깊어서 시를 써 보겠다고 예쁜 노란색 시작노트를 샀는데 처음에 쓰려고 하니 노트 한장이 너무 길었다. 그래서 칼로 절반을 잘랐다. 두꺼운 노트를 3년동안 쓰고 또 쓰고 머리가 아플 때마다 머리를 식혀가며 한 권 두 권 다 페이지를 채우고 쓰니까 이제 노트가 많이 좋아졌다. 쓸말이 많아졌다. 책은 학교 도서관에서 빌려보았다.

명작전집이며 소설책 시집 할것없이 닥치는대로 읽어내려갔다. 이때부터 작가가 되기 위한 꿈을 가슴에 새긴 채로 호남예술제 백일장에 참석하여 상도 타고 여러 가지 학교 행사에서 글쓰는 솜씨는 제일이였다.

어려서 할아버지가 시조 읊는 소리를 많이 듣고 구강이 발달하여 초등학교 중학교때 교내 웅변대회에도 참석했다. 그런데 글쓰는 것은 상은 탔지만 웅변하는 데서는 상을 타지 못했다. 목소리는 좋은데 원고를 외우지 못했다. 어려서부터 외우는 과목은 못했다. 시험 공부를 하면 이해하려고 애를 썼지 억지로 암기식 공부는 하지 못했다.

내가 태어나기전 행정고등고시에 수석으로 합격하신 당숙께서 젊은 나이에 광주 시장에 발령나서 우리 집안에는 변화가 생겼다.

광주 발전을 위해서 좋아하던 술을 끊고 모범을 보이시며 많은 일을 하셨다. 그러던 어느날 당숙이 무슨 일인지 자세히 모르나 시민의 투고로 인해 시장 자리에서 쫓겨나고 부터 집안은 어수선해졌다. 그러나 나는 공부를 게을리 할 수가 없었다. 4키로를 걸어다니고 운동하면서 아침저녁으로 피곤했지만 밤새 전등불이 꺼질 줄 모르게 열심히 맡은 공부에 충실했었다.

새마을 운동을 하면서 초가지붕은 기와집 또는 스레트로 바뀌고 흙담에서 부로크담으로 논은 경지 정리를 해서 네모 반듯한 형식이 되었고 길도 곧게 만들어졌다. 아침이면 '잘살아 보세' 노래가 이장집 스피커에서 온 동네로 흘러 나오곤 했었다. 박정희 대통령의 새마을운동은 몇년동안 시골에 많은 변화를 가져왔다. 비가 오나 눈이 오나 몸은 약했지만 하루도 빠지지 않고 4키로를 걸어서 학교에 잘 다녔다.

여름 방학때면 동네 일 이년 선배 언니들하고 같이 놀았었는데 학교에서 보내는 시간이 많아지면서 동년배 친구들하고만 친하게 지내지 차츰 언니들하고 멀어졌다.

하늘은 파랗고 높아서 그 아래 우리들은 자꾸자꾸 커갔다. 꿈을 가슴에 아로 새긴 채 한 달 두 달 자꾸 시간은 지나갔다.

나의 사춘기 시절에 가장 기억에 남는 것은 펜벗을 사귀어본 것이었다.

미지의 세계의 벗에게, 이름도 모르도 얼굴도 모르는 벗에게 행운의 긴 편지를 써서 여러곳에 보냈었다. 그 중에 한 곳에서 답장이 와 약 일년간 편지가 오고 가서 얼굴도 모르는 사람하고 친한 적도 있었다.

편지 쓰는 법 원고지 쓰는 법은 초등학교 2학년 때 아버지께 배웠다.

아버지는 열 다섯살에 한국 전쟁을 겪으셨다. 많은 인명 피해 재산 피해를 보는 비극을 겪으면서 첫자식이 태어났을 때부터 작가로 키우기로 스파르타식 교육을 하셨다.

나는 몸이 좀 약했다. 아버지는 그것을 용납하지 않고 강하게 키우셨다.

그 스파르타식 교육방법으로 오늘날 남부럽지 않게 풍족하게 잘 살 수 있는 여유를 가지게 되었다.

우리 형제는 2남 2녀 모두다 공부를 잘했었다.

큰 동생 현호는 특히 수학 물리를 잘했고, 군호는 정치 경제를 잘했고, 나는 글쓰기 웅변 노래를 잘했다. 막내 동생은 언니를 따라 곧잘 공부를 잘하고 글쓰기도 따라썼다. 형제도 많고 빠듯한 살림에 공무원 학비보조조차 없을 때라 엄마께서 많이 힘드셨다.

나는 부모님에게 학교를 중단하기 전까지는 순종을 잘했었다.

그 후 많은 갈등을 겪으면서 문학의 길을 걷게 되었다.

공무원 박봉으로 엄마의 고생은 말이 아니었다. 아버지가 일찍 결혼한 탓으로 할아버지 형제 큰 집 작은 집에 다니면서 집안일 허드렛일들을 도맡아 했다.

그런데 장성한 아들딸들이 결혼한 뒤에도 으레껏 엄마가 일을 해야 하는 줄로 착각을 할 때가 많았었다. 집안에서 일어나는 대소사엔 엄마의 솜씨는 꼭 필요로 하고 있었다.

엄마는 전주이씨 양반집에서 자라온 유교주의 전형적인 조선의 여인상이였다. 엄마는 여자로써 삼씨를 갖추고 있었다. 말씨 솜씨 맵씨를 갖추고 자식인 나에게도 자식 교육에 엄격했었다. 여자가 밥하고 빨래하고 청소만 잘하면 되지 하는 옛날 구식의 교육방식은 통하지 않는 여인이었다. 여자도 자기가 잘하는 부분을 개발해서 인정받고 사회에서 필요로하는 인물이 되어서 나라에서 세계에서 이름을 크게 떨칠 수 있는 사람이 되어야 한다고 늘 강조하셨다.
엄마의 극성적인 교육열로 수가 적었지만 대학의 큰학문 국문학을 할 수 있었다.
할아버지는 특히 술을 좋아하셨다.
옛날 선비 기질이 있으셔서 약주를 하시면 시조가 술술 나오는 시인이였다. 옛날 기억으로 할아버지는 황진이 시조 이태백 시조 할것 없이 한시도 운자 돌려 잘 지으셨고 즉흥적인 글을 잘 쓰셨다.
할머니는 큰집 할머니 친정과 친척인 말하자면 겹사돈을 맺은 것이다. 그래서인지 형제간의 우애가 돈독했었다.
할머니는 옛날 애기를 잘 해 주셨다.
옛날 옛날에 애기 밭에 때기 밭에 불났다로 시작해서 장화와 홍련이야기 심청이 흥부와 놀부 이러한 재미 있는 이야기를 들으면서 성장했다.
엄마가 나에게 집안일을 시키려면 할머니는 시어머니 티를 내지 않고 "내가 하마. 공부하라고 놔 두어라."하고 청소도 하고 군불도 잘 때 주었다. 엄마와 할머니는 고부간 이지만 그렇게까지 시집살이를 시키지 않았다. 엄마는 할머니가 시키면 척척 일을 알아서 잘했다고 한다. 어린 나이에 시집와서 바느질도 잘하고 음식 솜씨도 일품으로 좋았다고 한다. 내가 어렸지만 엄마와 할머니와 다툰적은 거의 없었던 걸로 기억된다. 남달리 집안의 결속이 잘 된 화목한 가정이었다.
집안의 아버지 형제들은 청렴결백하고 가난하게 생활을 했다.
남의 것을 탐내지 않고 노력하면 노력의 댓가만 바라보고 부조리를 멀리하고 때묻지 않고 얼굴을 맞대고 밥한끼라도 같이 먹는 일가를 이루었다. 특히 아버지는 농촌사업에 힘쓰셨다.
학교 다니는 학창시절에 방학때면 칠판과 백묵을 가지고 나무그늘에 앉아 글을 모르는 사람에게 글을 깨우쳐주는 농촌 계몽가이셨다
그때부터 한국은 잠에서 깨어나 눈부신 발전을 거듭하게 된 것이다.

이러한 학구열없이 어떻게 오늘날 한국이 될 수 있었겠는가?
모두가, 모든 사람의 노력이였던 것이다.

코스모스 시골길

여름방학이 끝날 무렵이면 학교 가는 길에 코스모스가 한송이 두송이 피기 시작했다. 그 길을 따라 학교를 오고가고 지난해 초등학교 6학년 식목일에 우리들이 코스모스를 심어 놓았다. 코스모스는 생명력이 강해 한번 심으면 씨가 땅에 떨어져 계속 해년마다 꽃이 핀다.

3년동안 학교 오고가는 길이 너무 아름답고 행복했다.

코스모스 길을 따라 시집을 들고 시를 읊고 또 시험기간에는 영어 단어를 외우고 하는 것이 습관이 되었다.

송정역에서부터 걸어서 뚝을 타고 내려가면 맑은 강물이 얼굴을 비춘다. 조그마한 조약돌을 강물에 던지면 한번 두번 징검다리 건너듯이 핑핑 파문을 내며 날아간다.

이러한 장난이 추억으로 남아있다. 양말을 벗고 물속에 들어가 물 장구치며 잠시 쉬었다가 걸음을 재촉해 집에 돌아가곤 했다.

우리 아버지는 전남 농산물 원종장에 근무하셨다.

아버지가 하시는 일은 다수확 품종 개발하는 연구를 하셨다.

아버지가 잘하시는 것은 나무 접붙이는 일이셨다.

아버지는 이러한 접붙이는 것을 응용하여 벼나 감나무 배추 무우 등 많이 나오고 좋은 품종을 개발해서 농사에 분배하셨다.

아버지는 유능한 분이었다. 오늘날 풍족하게 잘 살 수 있는 기반을 구축하였으나 박정희 대통령이 연구하는데 투자를 많이 해주어서 그렇게 연구할 수 있었다고 다들 말한다.

박정희는 부정투표로 대통령에 당선되었으나 부정부패는 하지 않았다. 그래도 박정희 시대때에는 밥 먹고 살 수 있었다. 이렇게 국민들은 회고하고 있다.

그때에는 힘들게 살지 않았어도 밥 먹고 살 수 있었다. 아버지의 직장은 송정역을 지나 황룡강 큰다리 건너 동곡면으로 접어들면 가는 길목에 자리 잡고 그쪽들 이쪽 평동면들 또 옥동 옆에 자그맣고 예쁜 사무실이 있다. 여름 방학이 끝날 무렵에는 제법 벼가 자라 꽃을 피우고 열매를 맺는데 참새가 날아와 자꾸 쪼아 먹는다.

허수아비 깡통 이런 것을 주위에 매달아 두어도 아랑곳하지 않고 새들이 앉아서 벼를 수확할 수 없게 만든다.

나는 그때쯤 아르바이트로 학교 가기전 몇일 동안 새보러 다닌다. 참새가 앉으면 길다란 장대로 새를 쫓는다. 훠이 훠이 날아가라 먼데로 날아가라.

이러한 낭만이 그때부터 작가로 성장하게 만들었던 것 같다.

심심하면 가끔 노래도 불렀다.

그때의 추억이 알알이 쓰여져 간다.

새를 보다 개학하여 학교에 가면 선생님이 방학동안 무엇을 했냐고 개인적으로 물어본다.

아버지가 다수확 품종을 개발하여 실험하는 시험장에서 새를 쫓다가 학교에 왔다고 그렇게 말하면 선생님 친구들 할것없이 재미 있었겠다고 말한다.

여름해는 마냥 한없이 길었다.

아침에는 시원한데 낮에는 너무 더워 하루해가 빨리 가기를 바랬다. 해질 무렵에는 시원하고 하루중 제일 재미있었다.

여름에 어렸을 적에는 먹을 것이 귀한 터이라 팥을 삶아 걸러 그 물을 넣고 끓여 밀가루를 밀어서 팥칼국수를 잘해 먹었다.

지금 서울에서는 그러한 것을 사 먹을 수가 없다.

그런데 그 시절에는 팥죽이라고 쑤어서 설탕을 한 숟가락 넣고 단맛 팥맛으로 범벅이 되어 맛이 좋았다.

또 그 시절에는 밀가루로 국수를 빼 저녁때에는 국수를 삶아 간장에다 설탕을 살짝넣고 알맞게 잘익은 열무김치를 넣어서 버무려 먹으면 맛이 좋았다.

이러한 것은 한 끼 해결할 수 있는 식사였는데 간식으로는 밀가로 반죽해 속에 팥을 넣고 찐빵을 만들어 먹었다.

먹거리가 풍부한 지금 학생들은 이러한 추억은 없을 것이다. 지금 이렇게 살게 된 것은 박정희 덕이라고 하지만 아버지의 땀흘린 노고 없이 가능했겠는가 묻는 바이다.

사춘기 시절의 봄가을은 책을 많이 읽다보면 시작을 하다 훌쩍가버린다.

너무 짧았다. 눈 내리는 겨울이면 4키로를 걸어다니기 때문에 운동화에 양말 두어 켤레 더 신고 다니면 그뿐 별다른 방한화가 없었다.

일학년 첫번째 겨울에 찾아온 동상은 너무 잊을 수 없었다.

낮에는 발이 시린지 감각이 없다가 밤에 따뜻한 아랫목에 앉아 있으면 발이 간질간질했다. 책상에 앉아서 공부를 할수 없을정도로 발이 간지러웠다.

그렇게 하면 콩주머니를 하고 발을 속애 넣어서 달래기도 했다.

몇년의 실험을 거쳐 중학교때에는 보리고개라고 보리가 흔했던 시대가 바뀌어서 쌀이 많이 나오는 쌀밥을 많이 먹을 수 있었다.

고기도 많이 먹을 수 있고 채소 과일도 많이 먹을 수 있는 풍요의 시대가 왔다.

그렇게 농사일이 끝나고 겨울방학이 되면 온가족이 큰방에 앉아서 할아버지는 담배를 태우시고 할머니는 손자들의 재롱에 푹 빠진다.

엄마는 할아버지 한복을 지으시고 바느질을 하신다.

아이들이 노는 틈을 빠져 나는 책을 읽기에 바쁘다. 세계 명작 전집도 많이 읽었고 세계 명화도 많이 보았다.

중학교때 처음으로 본 영화가 칠인의 신부였다. 아메리카의 초기 개척주의 시대때의 배경으로 재미있었다.

쿼바디스, 기적, 십계, 대부 이런 감명깊은 영화를 본 추억이 있었다.

텔레비젼에서는 토요일마다 토요 명화를 보여주었다.

텔레비젼이 귀한 때라 남의 집에 가서 본 적이 종종 있었다.

겨울 방학이 끝나고 개학하다가 곧 봄방학이 왔다. 꽃샘 추위때문에 간혹 춥고 찬바람이 봄바람과 섞여 불 때도 있었다.

드디어 삼월이 되어 이학년이 되었다.

초목이 생명을 피워내듯 새싹이 싹트고 생기가 돋아났다.

송정여중 도서실 앞에는 숲이 울창하게 우거지고 갖가지 꽃을 온실 안에서 가꾸었다.

청소시간에는 언제나 도서실에 들려 책을 빌리고 온실안의 식물이 자라는 모습을 하루하루 관찰했다.

또 도서실 옆에 음악 교실이 있었다.

피아노도 치고 벤치에 앉아 책을 보면서 친구들과 재미있게 놀기도 했다.

이맘때면 시골에서는 논에 못자리를 한다.

볍씨를 담아 싹이 트면 비닐하우스를 하고 볍씨를 뿌린다.

한달 두달이 지나고 자란 모를 뽑아 모내기를 한다. 지금은 기계가 발달하여 판에 모를 싣고 이리저리 왔다갔다 하면 저절로 모가 심어진다.
그러나 그 시절에는 사람들이 모여서 줄을 잡고 일렬로 서서 손으로 몇 개씩 심었다. 모가 자라는 시기에는 숲이 우거진 학교 동산에 장미도 피고 여러가지 꽃들이 핀다.
우거진 숲에는 새들이 모여서 노래를 한다. 향기로운 냄새가 항상 존재하는 곳이다. 이곳에 있으면 기분이 좋아지고 아주 상쾌해진다.
공기가 너무 맑아 많이 가는 곳 중의 하나이다.
우리 학교때는 가난한 사람이 많았기 때문에 용돈이란 것이 없었다.
한참 자라는 학생들인데 먹거리가 없었다. 다 경험해 본 에피소드다. 엄마한테 책을 산다고 거짓말해서 돈을 타다 학교 앞에 있는 분식 집에서 튀김, 찐빵, 김밥 사먹는 추억이었다.
얼마나 맛이 좋았던지 아이들이 조잘조잘 대며 먹던 모습이 생각난다.
아스팔트를 건너 계단을 올라가면 송정 공원이 있다. 그 안에는 도서관이 있다. 친구들과 자리를 잡고 항상 즐겁게 공부하던 곳이다.
녹색이 더 짙은 녹색으로, 담황색으로 변할 때쯤 우리 학교에서는 수학여행을 떠났다.
1반부터 8반까지 있었다. 학생수는 많았고 콩나물 시루같은 반이었다. 지금은 체험학습도 여러번 가고 수련회도 2박 3일 매년 간다.
초등학교 6학년때 김대중 대통령이 태어났던 하이도에 갔었다.
목포에서 하룻밤자고 하이도에서 놀다 배를 타고 다시 목포 유달산 나주 비료공장에 들러서 사진을 찍고 기차를 타고 다녀왔던 기억이 있었다.
그런데 중학교때에는 전세 버스를 빌려 2박 3일 남쪽 전라남도 안에서 가볼 수 있는 곳은 다 가보았다.
구례 화엄사, 해남 대흥사, 남해 대교도 가 보았고 장성 백양사도 갔던 기억이 난다.
두번째 부모를 떠나 친구들과 함께 신나게 여행하며 밤에는 장기자랑하고 춤을 추고 노래하던 추억을 지금은 작가가 되어 써 내려간다. 수학 여행을 다녀왔고 아이들이 들떠서 공부를 잘 안하던 때 6월달 시험이 닥쳐왔다.

매일 걸어다니던 길을 그 날은 친구들이 잡아서 집에 들어가지 않았다.

우체국이 집에서 가까와 우체국에다 집에 전해 달라고 못들어 간다 전화했다.

아이들따라 통일교회에 가 본적이 있다. 통일교회는 이단 사이비 종교라고 다 아는 터이라 호기심때문에 궁금해서 잠깐 다닌 적이 있다.

우리나라 과제가 통일이라서 통일교회라고 하니까 많이 호기심이 발동했다.

몇번 가보았으나 신자수가 적고 또 낯설어서 그만 갔다.

교회안에서 시험공부를 하면서 날밤 샌 적이 있어 체험이라 적어본다. 그때 왜 통일이 그렇게도 관심이 많았던지 사춘기 시절때에는 어떻게 살 것인가에 고민해 보고 생각하는데 통일문제 비중이 많이 차지했던 것 같았다.

옛날 그 시절엔 한달에 한번씩 시험이 있었다.

지금은 1학년 중간고사 기말고사 2학기 중간고사 학년말 고사 시험이 1년에 네 번있다.

또 한 가지만 잘하면 대학에 갈 수 있는 문이 있다.

그러나 그때에는 공부를 많이 하고 실력이 있으면 대우 받을 수 있었는데 지금은 4년제 좋은 대학을 나와도 직장 잡기가 힘들어 집에서 노는 백수가 많다.

그때에는 경제 개발 5개년 계획이 있어 1차 2차 3차까지 경제 성장기 였다.

직업 전선에서 일하는 산업 역군이 많았다.

육영수 여사 총에 맞다

학교에서 광복절 기념 행사를 거행하고 걸어서 집으로 가는 도중 물을 마실려고 길 옆 가정집에서 어떤 남자가 '육영수 여사가 피살됐다' 고 소리쳤다. 라디오에서는 8.15 광복기념식에 총소리가 나서 육영수 여사가 총에 맞았다. 총소리가 나고 연설을 계속하고 끝을 맺었다.

나는 무슨 영문인지 모르고 길을 재촉해서 집으로 돌아왔다.

할아버지께서는 귀를 쫑긋 세우고 뉴스에 신경을 곤두 세우고 계셨다.

얼마 후 라디오에서는 육영수 여사 서거에 애도하는 음악이 흘러 나왔다.

조총련 문세광의 총에 맞았다. 박정희 대통령을 쏘려고 했으나 박정희는 총을 피하고 대신 육영수 여사가 총에 맞았다. 울지는 않았으나 장례식을 거행하는 동안 머리에 검정리본을 한 삔을 꽂고 애도를 표시했던 기억이 난다. 사실 역대 영부인을 떠올리자면 가장 내조역할을 잘한 퍼스트 레이디로 손꼽히고 있다.

그러한 큰 사건이 있은 후 곧 2학기 개학을 했다. 예년처럼 길가의 코스모스는 한송이 두송이 피어서 한들거렸다.

그런데 어른들은 수근거렸다. 박정희는 홀애비가 되었다. 홀애비 되어도 해먹고 싶으냐 잘했다 하고 박정희 대통령을 싫어한 사람도 많았다.

그렇게 나라가 어수선한 와중에 큰 집 할머니가 병환으로 입원을 하셨다. 위암으로 몇 달간 투병 끝에 돌아가셨다.

큰 할머니가 돌아가시기 전 광주 시장에 발령 받았던 당숙이 또 부지사로 발령 받았다. 광주 시장에서 쫓겨난 지 오래지 않아 복직을 한 것이다.

그때가 이학년 겨울 방학이었다.

초상을 치르기 위해서 어른들이 예전처럼 음식을 장만한게 아니었다. 손님이 많이 오셨지만 나라법이 바뀌었다고 술도 대접을 하지 않았다. 음료수 차 대접만 간단히 할 뿐, 인사를 하고 간간히 말씀만 나눌 뿐 별로 다른게 없었다.

장례식날은 큰할머니께서 불교를 믿으셨기 때문에 스님의 목탁소리와 향불을 피우고 경 읽는 소리가 들렸다.

식순대로 장례식 마지막 영결식을 끝내고 하얀 조화로 차를 꾸며 그 안에 할머니를 싣고 선산으로 향했다. 평동면 명화리 목장으로 향한 장례 행렬이 검은색 승용차로 길을 에워싸 줄줄이 긴 긴 행렬이 지금도 눈에 선하다. TV에서 육영수 여사의 장례 행렬을 보긴했지만 태어나서 처음으로 거룩한 장례식을 직접 목격한 것이다. 이렇게 우리 집안에 슬픔과 기쁨이 한꺼번에 찾아왔다.

큰집 할아버지는 할머니 돌아가시고 1년이 되어서 재혼을 하셨다.

큰집 할머니는 남편과 사이가 좋지 않았던 탓인지 남편이 죽고 반년만에 할아버지와 빨리 재혼을 하신 것이다. 아이들 시집 장가 다 보내고 서로 만났지만 알고보니 부자집 영감 만나 자기 자식들 잘되게 하려고 재혼을 하신 것이다.

우애하고 화목하게 살자고 했지만 얼마 못가서 작은집 할머니와 싸우게 됐다. 나이가 작은 집 할머니가 더 많은데도 후처로 왔으니 집안 법도대로 말을 올려라, 니가 뭐간데 나이 많은 나한테 말을 내리냐고 싸움의 시발점이었다. 여자의 시기 질투가 내면에 깔려 있었다.

작은 집 6남매 중 딸넷의 사위들은 다 잘생겼고 똑똑했지만 후처로 온 새 할머니 사위 넷은 잘 생기지 못했다. 속으로 기분이 나쁘다고 재혼했으니 형님 대접 받겠다고 앙탈을 부린 것이다. 어디를 가나 집안이 시끄러운 것은 후처가 들어온 까닭이었다.

큰집 아들 딸들은 새 할머니가 재혼한 이유를 뻔히 알고 있기 때문에 절에서 간단하게 식을 올리고 어머니라 부르지 않고 대모님이라고 부르기로 자식들끼리 약속을 했다. 식에도 참석하지 않고 우리 집이나 작은 집도 가지 않았다.

새 할머니는 말년에 만나 노후를 같이 보내기로 했으나 욕심이 너무 많아 할아버지 재산의 일부를 이전해 주기로 약속받고, 아들 딸들의 직장도 취직 시켜 주고 제법 사는 사람처럼 흉내 내고 살게 되었다.

집 앞의 오동나무가 방 옆 창문 위까지 올라와서 어둠속에서 보면 꼭 거대한 괴물이 무수한 손가락을 움직이고 있는 듯이 보였다. 다른날 같으면 오줌 누러 가기도 겁났던 오동나무 그림자가 오늘밤에는 커다란 달님이 나무 가지게 걸려 있어서 하나도 무섭지 않았다. '지가 무슨 괴물이야 오동나무 가지지.' 하는 중얼거림도 절로 나왔다.

집은 아름다웠다. 푸르른 수목과 화사한 꽃이 잘 어우러졌다. 샘물은 땅속을 뚫고 솟아 나온 샘물로 차고 맑았다. 돌바닥엔 녹색의 이끼가 깔렸고 물은 그 이끼를 휩쓸며 솟아나왔다. 숲과 꽃밭을 지나 기와를 얹은 돌담을 따라 여름의 아침이면 오이꽃이 만발하였다.

오이꽃 순이 닿는 끄트머리에 장독대가 있었다. 장독대위로 빨래줄이 지나갔고 엄마는 늘 그곳에 있었다. 돛단배처럼 일렁이는 흰 빨래와 나부끼는 엄마의 치마, 엄마가 장독 뚜껑을 열거나 빨래를 널 때면 엄마의 따뜻한 미소를 볼 수 있었다.

집은 먹고 사는 데는 지장이 없었다. 우리집뿐만 아니라 다른 집도 먹고 살 수 있었다. 초등학교 때 기억이지만 보리고개는 타파되었다.

김대중 씨가 대통령에 당선 됐으나 부정 선거로 표를 속이고 박정희가 대통령을 계속 했다. 박정희가 김대중 씨를 죽이려고 납치 했다가 미국의 방해로 목숨을 건지게 됐다. 이러한 큰 사건은 보도 되지 않았으나 할아버지의 시국 이야기를 많이 들으면서 자랐기 때문에 알수 있었다.

중학교 3학년 마지막 가을은 들판에 누런 황금 물결을 이루었다.

코스모스도 피기 시작했다. 코스모스는 추억속에 존재할 뿐 우리가 다녀간 자리를 농부들이 귀찮다고 다 베어 버렸다.

나는 인문계를 택하여 광주로 진학 하기 위해서 시험 공부하기에 바빠 있었다. 이년 전만에도 고등학교 들어가기 위해서 시험을 치뤄야 했지만 고등학교가 평균화로 바뀌면서 연합고사로 고등학교 관문만 통과하고 뺑뺑이로 돌려 추첨해서 진학할 수 있게 되었다.

고등학교 연합고사를 조선 대학교 옆에 붙어 있는 사립학교에서 시험을 보았다.

동명동에서 전세 살고 계신 작은 아버지 집에서 잠을 자고 아침에 걸어서 시험장에 도착했다. 중학교에서 고등학교로 들어가는 과정이 기분은 묘하고 한편으로는 좋았다.

엄마 아버지 할아버지 할머니 동생들하고 떨어져 지내는게 아쉬웠지만 4Km를 걸어서 오고 가지 않아도 학교에 다닐 수 있었다. 시골에서 광주로 유학온 셈이다. 내 인생에 있어서 광주에서 열일곱살부터 서른 한살 팔월까지 살았는데 햇수로 십오년간 그 세월동안 나는 산전수전 겪고 우여곡절이 많았다.

지금부터 격동기 팔십년대의 사연들을 차근차근 풀어갈 것이다.

인생의 황금기 같은 시절을, 독재와 싸우던 치열한 현장을, 같이 함께 지켜온 5월 문학을 한귀절 한귀절 써 나갈 것이다.

작은 소녀의 가슴속에는 오색 찬란한 무지개 빛을 발휘한 꿈을 가슴에

안은 채 광주의 거대한 무등산 품에 안기게 되었다.

옛날처럼 시험공부를 하지 않고 평소에 공부하던 실력으로 시험을 무사히 치르고 버스를 타고 송정역에서 내려 걸어서 집에 들어갔다. 온 가족이 빙둘러 저녁 밥을 먹었다. 동생들의 질문에도 아랑곳하지 않고 평소에 하던 것처럼 책 가방을 시간표대로 챙기고 일찍 잠자리에 들었다.

그날밤 잠은 너무 곤하게 잤다. 이윽고 아침이 되어 밥을 먹고 친구들과 같이 걸어서 학교에 갔다.

가을이 가는 만추는 넉넉한 시골의 살림살이에 윤택하게 빛이 반짝하기 시작했다. 이렇게 늦가을은 서서히 저물어 갔다.

3

문학 소녀

동명동

긴 겨울 방학을 보내고 2월달에 중학교를 졸업했다.

3월 초 고등학교에 입학하기 위해서 엄마는 이불이며 나의 옷가지를 싸가지고 작은집에 같이 오셨다. 드디어 광주 경신 여자 고등학교에 입학하게 된 것이다.

산 위에 학교가 있었다. 용봉동 전남대학교가 보이고, 산 밑에는 숭일고등학교와 조금 들어가면 금호 고등학교가 있었다. 조금 걸어서 나가자면 무등 경기장이라는 큰 운동장과 그 길 조금 더 들어가면 전남 고등학교도 있었다. 그 쪽에는 남자 고등학교가 많아 교복이 예쁜 경신 여자 고등학교는 인기가 좋았다.

집은 동명동 전세 상하방 한쪽에 방한칸이 딸린 자그마한 집의 구조였다.

일학년 5월달이 되자 축제가 열렸다.

일학년 이학년 삼학년 전체가 운동장에 모여 하얀 체육복 바지와 상의는 교복을 차려입고 기를 들고 네줄로 맞추어 걸어가는 일년에 한번씩 검사하는 교련 검열 행사도 하고, 여러가지 운동 종목에 반 선수들을 뽑아 시합하고 응원하고 젊은 청춘의 열기가 발산하여 기분 좋은 한때를 웃고 지냈다.

가장 재미있었던 것은 '어머니 나라에 왔습니다.' 라는 제목으로 남자 교련복을 숭일고등학교 학생들에게 빌려입고 가면을 쓰고, 일본 거류 민단의 고국 방문을 분장하여 연출했던 가장 행렬이였다.

우리반 담임 선생님은 졸업후 처음 교단에 서신, 열정으로 가득한 김신희 국어 선생님이셨다. 그때에는 또 가정방문이란 것이 있어 높은 자리에 부지사로 계신 당숙 이야기며 어려서 부터 글쓴이로 길러진 이야기 등 여러가지 이야기를 나눌 수 있었다.

선생님은 그때 문학 소녀라는 이름도 붙여 주셨다. 또 그것이 일학년 용봉제 전남대학교 5월 축제 백일장에 나가는 계기가 되기도 했었다.

아름다운 푸른 5월 잔디밭에서 글을 쓰는 추억을 새길 수 있었다.

본고사를 보아야 하는 나는 시험공부에 치중했지만 금쪽같은 시간을 쪼개어 하루에 한 권씩 학교 도서관에서 책을 빌려 보고 독서 일기를 쓰는 일도 게을리하지 않았다.

중학교를 졸업하고 고등학교 일학년 여름방학이 되던 날, 전통으로 내려오는 동창회 모임으로 우리들은 모두 중학교 모교에 모였다.

너무나 반가운 얼굴들 이었다.

나는 초등학교 졸업할 때 교육장 상 여자 한 명 남자 한 명 교육감상 남자 한 명이 탔던 때라 동창회 첫번째 모임에 회장 부회장 선출에 나가지 않았다.

학기말고사 시험을 보는 때라 시험공부하느라고 교육장상을 탔지만 부회장에 당선되지 않았다.

방학이 되면서 본격적으로 모임을 가졌다.

훈호하고 나하고는 동창회 임원이 아니면서 많은 만남을 가졌다. 둘이서 산수동 법원에도 놀러 갔고 용봉동 전남대학교 캠퍼스도 먼저 가 보았다. 너무 너무 나무가 많은 캠퍼스가 멋있었다.

훈호하고 나하고는 전남대학교에서 만나자는 약속으로 공부를 열심히 하게 되었다. 학교 벤치에 앉아 삼년 뒤 우리는 어떻게 하고 있을까 하는 대화도 많이 했었다.

동창회를 하려면 회비가 있어야 하는데 그때는 다 어려운 때라 친구 집을 방문하면서 걷었다. 팔월 중순경에 동창회가 개최되었다. 그 날 여러가지 장기 자랑 노래는 물론이고 친목대회 배구도 같이 했었다.

선후배 할것 없이 오후에는 평동 초등학교 졸업생이 모여 젊음을 발산하였다. 이렇게 평동 초등학교 동창회를 여름 방학 내내 시간으로 보내고 2학기 개학을 했다.

효순이네는 평동 집 논밭을 팔아 송정읍으로 이사를 했다. 큰 오빠가 양재 기술을 배워 디자이너가 되었다. 큰 올케와 오빠는 같이 양장점을 차려서 생계를 유지하며 살기 위해 읍내로 나왔다. 작은 오빠는 전남대학교 상대에 입학해서 학교에 잘 다녔다. 대학생이 되면서 사귄 여자 친구도 있다고 자랑하는데 그때에는 아랑곳하지 않고 공부에 열중하였다.

꿈 많은 여고 일학년 가을이 되었다. 시원하고 바람이 언듯언듯 불어 머리카락이 휘날렸다. 그때는 샴푸가 아니라 세수비누로 머리를 감을 때라 비누 향기가 여고생 멋으로 다가왔다.

학교가 있는 산에는 초록색이 단풍이 들어가기 위해 물이 들기 시작했다. 울긋불긋 때깔로 변한 산은 학교에서 조금 떨어진 산중턱에 밭이 있었다. 토요일 청소시간에 실내화를 신고 내려 갔었다.

친구들과 네잎 크로바를 찾아서 책갈피에 꽂아 놓으면 행운이 온다고 믿는 순박한 소녀였다. 몇개의 네잎 크로바를 따가지고 좋아서 어쩔줄 몰랐던 추억이 있다.

옥수수 콩 팥 깨를 거두워들인 들판에 싸늘한 바람이 불어왔다.

토요일이라 일찍 공부가 끝나 본가에 가려고 책가방을 작은 집에 갔다 두고 버스를 타고 송정역에서 내렸다.

초등학교 때를 생각하며 4km를 걸었다.

황룡강 너머 들에는 추수하기 위해 준비를 하고 추수가 끝난 논은 많았다. 추수가 끝난 텅빈 들녘에 집에서 보리를 갈기 위해 거름을 내다가 뿌리는 사람들도 가끔 눈에 띄었다.

코스모스를 베어버린 길가에 씨가 떨어져 다시 꽃을 피우고 코스모스 꽃씨는 떨어져서 없어지고 앙상한 나무만 베어져 있었다.

너르나 너른 들판에 가을 노을이 지고 있었다. 하루 일과를 마치고 경운기를 타고 귀가 하는 사람도 있었다.

집에 들어서니 엄마 동생들 할머니 할아버지가 반가히 맞아 주셨다.

저녁상에 가을 무우에 갈치를 조려 배가 고파 맛있게 먹었다.

저녁을 먹은 후 할아버지의 낭랑한 시조 읊는 소리며 옛날 이야기 소리에 시간 가는 줄 몰랐다.

밤이 으슥하게 깊어만 간다.

별이 무더기로 쏟아지는 밤 할아버지 할머니 품속에서 고이 잠들었다. 새근 새근 잠에 빠졌다. 간 밤에 무슨 꿈을 꾸었는지 알수 없을 정도로 깊이 잠이 들고 새날이 밝아 깨었다.

간밤에 추웠나 보다. 첫서리도 내렸고 날씨가 싸늘하고 추워왔다.

을씨년스런 만추는 그렇게 가버렸다.

고3 경희대 축제때 백일장에 입상

겨울 방학이 되어 국영수 중 수학이 제일 약해 친구와 학원에서 보충도 하고 동명동에서 가까운 전일도서관이나 가끔씩 학생회관에 있는 독서실을 다니며 방학내내 공통수학과 씨름을 하며 방학을 보냈다.

이학년에 올라오자 작은 아버지는 집을 장만하게 되셨다.

자그마한 집이였지만 새로운 환경, 깨끗한 집에서 학교를 다닐 수 있게 되어 기분이 좋았다.

이사 후 고효자 담임선생님의 가정방문이 있었다.

아버지가 대학교수이고 남동생이 있던 선생님은 나의 많은 면을 맘에 들어하셔서 남동생의 짝으로 탐내시는 듯 했으나 이를 맘에 안들어 하셨던 작은 엄마께서 밥이나 빨래 청소도 못하고 할줄 아는 것이라고는 공부와 글쓰는것 밖에 없고 행동도 느리다는 글을 통지표에 적어 보내시기도 했다.

이학년 오월엔 부모님 허락을 받지 못해 수학여행을 가지 못했고 우리학교가 카드섹션을 하는 전국체전이 무등경기장에서 열렸지만 나는 참여하지 않고 공부에 열중하느라 황금같았던 여고시절의 추억을 새기지 못한 아쉬움이 남아있다.

오월달엔 중간고사와 본고사유형의 시험을 보았다.

시험 점수는 그리 좋게 나오지 않았으나 국영수 주관식은 상위권 범위에 들 수 있었다.

일학기 동안은 수학여행이다 전국체전이다 하면서 수업시간이 많지 않은 가운데 기말고사를 보고 여름방학을 하였다.

지난 겨울 방학땐 수학을 보충했었고 여름방학때는 정통 영어를 보충했다.

책 읽기는 언제나 평소 습관처럼 꾸준히 읽었고 국어 선생님 가르침을 잘 받아들여 집필할 수 있는 정도의 실력을 갖추게 되었다.

가을이 깊어지면서 문학에 대한 열정도 깊어져 나는 빈 들녘을 배회하는 바람이 되었다. 가을, 이 안타깝고 시린 계절은 겨울보다 훨씬 잔인하여 집요한 자학을 요구하는 계절이었다. 가을이 되면 몇날 몇일을 하얀 불면으로 지새우고 금박물린 장서들의 먼지를 훌훌 털어내어 읽는 등 무서운 홍역같은 가을병에 시달렸다.

매일매일 조금씩 옷을 벗는 나무, 퇴색한 누런 들판 가을걷이가 끝나면서 허옇게 빠져나온 텃밭의 허벅지 소복한 채 사열 받고 서있는 갈대, 뺨을 스치는 고운 바람의 끝……. 이 모든 것이 내게는 무심히 지나치지 못하는 가을병의 병소들이다.

가을이 지나고 나니 겨울은 금새 지나갔다. 그리고, 봄.

금가루처럼 눈부시게 흩어지는 햇살아래 맨살을 드러내며 수줍게 피어나는 5월의 꽃밭. 그 속에서 나는 생명의 환희를 본다.

5월의 정원은 농축된 사랑의 전시장 같다. 꽃을 하나하나 들여다 보노라면 신이나 요정 님프들의 넋이 변신한 느낌이다.

그 속에 수많은 신화와 전설이 아롱져 있다.

바람이 스칠 때마다 푸른 정맥이 드러나는 가냘픈 손으로 가볍게 전율하는 미루나무를 보라. 연록의 타원형 이파리에 깔깔대며 장난치는 바람이 앉으면 미루나무는 파도를 타기 시작한다.

살랑이는 미풍이 부끄러워 단풍나무는 저홀로 수줍게 타오른다.

상아빛 작은 꽃망울을 찰랑찰랑 매달고 잎사귀 뒤에 살포시 숨어 있다가 봄바람에 흩날리는 아카시아 향기는 어떠한가?

신비로운 보랏빛으로 조랑조랑 엮어진 라일락꽃 속에는 삶이 시들해지고 윤기 잃은 현대인에겐 산뜻한 애인과 같은 감미로움이 있다.

자존심이 강하여 타협할 줄 모르기 때문에 항상 소외된 왕비처럼 우아하고 쓸쓸해 보이는 꽃이 목련이라면 어염집 아가씨처럼 수수하고 부담스럽지 않은 꽃이 물푸레나무다.

늘 헛헛해하며 외로워 보이는 화양목 옆에서 온갖 보석으로 치장하고 기다리는 숙녀는 바로 장미다. 장미는 도도하고 오만하며 완벽한 아름다움으로 클레오 파트라를 연상하게 하면서도 그 아집으로 가장 철저히 고독한 꽃이다.

꽃에도 격조와 품위가 있다. 그리고 지성과 언어가 있다.

생명이 있듯이 개성이 있고 그 나름의 운명이 있다.

청아하고 절개가 곧은 꽃이 있나하면 화사하고 나긋나긋한 꽃이 있고 천박하고 음흉해 보이는 꽃도 있다. 시선을 피하여 숨어숨어 살다 가는 꽃과 영화배우처럼 늘 주인공이고 싶은 요란스런 꽃도 있다.

큐피트의 화살에 맞은 아도니스의 영혼이 피빛으로 피어난 아네모네. 노틀담의 꼽추 콰지모도가 짚시 소녀에게 바쳤을 순애의 정표 시클라멘. 내 엄마의 모습을 상기시켜 끝내는 가슴 저미는 회환을 안겨주는 카네이션.

그들이 뿜어내는 그 풋풋하고 싱그러운 숨소리에 5월은 더욱 청정하다. 5월은 생명의 축제다. 신이 창작한 대합창곡이다

입시생인 3학년 5월을 보내고 6월이 왔다.

학교에서는 경희대 6월 축제 백일장에 참석할 학생들을 뽑았다. 모두

다섯명이였다.

지도 선생님은 외국어 대학교 불문과를 나온 학교 선생님이였다. 6월 9일 선생님과 학생들은 오전 수업을 마치고 집에 와서 필요한 물건을 챙겨가지고 고속버스에 몸을 실고 친구들과 여행을 즐겼다.

학교에서 그날 필요한 경비는 전체적으로 지원해 주었다.

나는 신춘문예에 응모할 요량으로 필요한 시 여섯편을 먼저 쓰고 6월 10일날이 되었다. 여관에서 하룻밤을 자고 10일 아침 싱그러운 공기와 더불어 너무 아름다운 캠퍼스 숲이 우거지고 꽃이 만발한 임간교실에서 평생 문학을 할 수 있는 기틀을 마련했다.

그날 시제로는 '까치, 우리집, 비' 가 나왔다.

1978년도 그 해에 가뭄이 계속되었다.

나는 그때 '비' 라는 제목을 선택해 한편의 멋있는 시를 썼다.

봄부터 비가 오지 않고 모내기를 할수없어 도청에서는 도지사를 비롯해서 무등산에 올라가 돼지머리를 차려놓고 비가 내리라고 고사를 지낼 정도였다.

이날 아침 경희대 정문을 들어서자 까치가 나르는 것을 보며 날개짓의 예감으로 비가 올 것이라는 확신으로 시를 썼다.

나의 육감은 맞아 떨어졌다. 열시부터 구십분간 시간을 주어서 똑같이 모였다 흩어지면서 글을 쓰기 시작했다. 십분간 상상으로 생각을 거듭하자 좋은 글이 탄생했다.

그날 심사위원은 조병화 교수, 서정범, 황순원 교수였다.

점심으로 모밀국수를 먹고 두 시쯤 되자 정말 비가 내렸다. 네시에 심사발표 시상식이 있어서 다시 경희대학교 숲속에 있는 임간교실에 백일장에 참석한 사람들이 모두 모였다.

입상을 하고 먼저 써 간 시 여섯 편과 당일날 시 한 편, 모두 일곱 편이 후에 경희대 신문에 실렸다. 시상식을 마치고 시내를 돌아다니다가 밤새 비가 내리는 밤차를 타고 대동고등학교 남학생들을 만나 같이 광주에 내려왔다.

학교에서는 졸업할 때까지 내내 화제 거리가 되었다.

평생 잊지 못할 추억은 새겼다.

원고료가 나와 선생님들이 그동안 가르친 보람으로 학교에서 파티를 하고 즐거운 한때와 큰 희망으로 고3 힘든때를 멋있게 보냈었다.

대학 진학

가을 해바라기는 그리움에 취한 수줍은 파수병, 인종으로 영그는 불씨다. 안개비가 내리는 가을 숲에 해바라기가 서 있다. 긴 목을 휘엉청 늘인 채 물 타지 않은 원액의 샛노란 꽃잎이 청신하다. 노랑 꽃잎, 궁색스럽지 않아서 좋은 넉넉한 잎사귀, 맘껏 성숙한 줄기며 그 여유로운 자태는 용열하고 가난한 내 영혼에 푸근한 안식을 주었다.

가을에 보는 해바라기는 왠지 결고운 우수를 느끼게 한다. 탱자 가시나무로 엮어진 생울타리 뒤에 우뚝우뚝 서서 경건한 침묵속에 잠긴 해바라기가 오늘따라 청정하고 서럽다. 쓸쓸함을 한 웅큼씩 바람결에 흩뿌리며 비취빛 하늘에 청수하게 서 있는 가을 해바라기. 그 해바라기가 여름 한철 격정을 인내하는 찔레 옆에서 움썩움썩 키가 크더니 이제는 휘청하게 자라 먼곳에서도 눈에 띌만큼 화안한 미소를 흘리며 상사의 아득함에 젖어 있는 것이다. 달빛이 푸른 비단처럼 펼쳐 지는 가을밤 과꽃의 분분한 화냥기 옆에서 눈물처럼 지는 봉선화를 달래며 옷깃을 여미는 해바라기여, 나는 그대의 연연한 목을 껴안고 달빛속에서 하염없이 울고 있다.

누군가 내게 그런 말을 했었다. 해바라기로 피어 물망초로 지는 그대, 그리움으로 다가와 못잊음으로 떠나는 그대. 해바라기는 그 탐스런 꽃송이와 넓은 타원형 잎사귀 듬뿍 묻어나는 꽃가루 껑충한 다리에 돋아난 솜털가시때문에 꽃이라기 보다는 파수병이나 연금술사를 연상시킨다.

봄 여름 내내 말짱하다가도 가을이 되면 해바라기를 보는 마음이 각별해 진다. 가을날 해바라기는 왠지 가슴을 아리게 하는 수민의 그림자를 드리운다. 온종일 해를 따라 빙그르르 돌면서 이루어질 수 없는 사랑으로 까맣게 속이 타는 꽃. 작열했던 여름날 몸살 앓으며 유혹하던 태양은 그 안타까운 목마름이 단단하고 도톰한 꽃씨로 영글때 벌써 한발자국씩 뒷걸음치기 시작한다. 불태웠던 날들, 그러나 이별은 벌써부터 시작되고 있었으리라. 어쩌다 해바라기는 태양을 사랑하게 되었을까

나비, 별 그리고 달도 있건만 어찌하여 너는 그토록 찬란한 절대 군주 아폴로를 사모하는 운명을 배웠을까. 조금만 언짢아도 온누리가 경애하는 엄청난 이, 네 애타는 연모쯤 안중에도 없는 오만한 태양을 사랑하게 되었는가? 긴긴 여름날 지리한 장마비 속에서 망연히 기다리는 너의 모습은 차라리 형벌이다. 빛나는 휘장 드리우며 눈부시게 나타날 태양을 기다리는 목마른 네 모습은 울음조차 사치해진 순교자의 모습이다. 푸르름 무성했던 여름 한낮 태양을 사모하여 노랗게 깊어져 해바라기도 꿈을 꾸었으리라. 지순하고 농도가 짙은 샛노랑빛 사랑을 여름 한철 황홀한 열정으로 타오르는 그대.

그 성하의 제전도 잔해만 드리우며 쓸쓸히 기우는 가을이다.

네 가슴에 영그는 까아만 꽃씨를 보며 나는 풍경처럼 울고 싶다, 가을 해바라기여.

시어를 읊으며 시월의 가을날 예비고사 치르는 날이 가까워 졌다. 그 시절 그때에는 예비고사를 치르고 1월 초순경에 본고사가 있었다.

우리 고등학교에 둘러쌓인 산에 노랗고 빨갛게 단풍이 들어갈 때 시월 중순경에 일제히 예비 고사를 치뤘다.

일지망은 서울, 이 지망은 전남 광주로 써 넣고 모두 시험을 보았다. 시

험을 보고 나서 예비고사 발표는 12월 하순경이었고 본고사는 양력설을 샌 뒤에 있었다. 시험을 본 뒤 마음은 마냥 한 없이 편안하고 좋았다.

예상했던 것처럼 졸업고사를 무사히 치르고 결과는 좋게 나왔다. 본 고사 볼 때까지 3개월 기간이 있어 국어 · 영어 · 수학을 차곡차곡 준비하여 말로만 듣던 대학 시험을 무사히 통과하여 전남대학교 문리대학 법학과에 입학하게 되었다.

나는 여고시절에는 찬란했던 문학소녀였는데 언론 출판의 자유가 없어 법대만 나오면 집안 당숙의 힘으로 취직할 수 있는 길이 생긴 다기에 법대에 들어가게 되었다.

나중에 자세히 쓰여져 나갈 것이지만 대학 2학년 때 겪게 되는 5월 18일 광주사태는 나의 인생에 있어 큰 전환점이 되었다. 평생 공무원으로 공직에 있으려고 했는데…… 나의 밑바탕에 깔린 문학에 대한 소질이 5월 문학을 할 수 있는 계기가 되었다.

마지막 수업, 잊을 수 없는 선생님, 친구들.

3년 동안 학교 생활을 마치고 2월 중순경에 빛나는 졸업을 했었다.

수줍고 은밀하게 간지럼처럼 내리던 2월의 빗줄기는 갑자기 대나무 숲처럼 줄기차고 따가웠다. 그 뽀얀 물안개에서 향기가 났었다. 신선한 비린내, 청량한 우수. 비를 좋아하는 내 감상은 드디어 꼼질꼼질 설레이기 시작 했었다. 손바닥에 비의 알갱이를 받아 본다. 수정처럼 투명하고 영롱한 구슬의 난무, 이내 지문 사이로 숨어 버리는 비의 수줍음이 나는 좋았다. 그리고 그의 산뜻한 결별의 뒷 모습은 얼마나 아름다운가?

비처럼 인간의 감정을 원시적으로 만들어 주는 것도 드물 것이다.

우산이라는 협소한 공간속에 가둔 채 타인과 나를 완전히 단절시키고 철저히 자아에 젖게 하는 마술을 지녔다. 고독의 냄새를 세균처럼 숨긴 채 집요하게 가슴을 파고 든다. 마음 속 깊은 곳을 날카로운 침으로 예리하게 상처내어 내 영혼의 병은 끝내 도지고 마는 것이다.

비는 무섭게 성토하고 학대한 후에 말끔히 세상을 용서할 줄 안다.

구석구석 훔치고 닦아 내며 헹구어서 언짢은 곳을 샅샅이 핥아 낸 후에 마침내 포옹하는 것이다. 산뜻하고 격조 높게 그가 청하는 상쾌한 악수는 인간이 흉내 못낼 최대의 예술이었다.

나는 비의 철학을 배우고 싶다. 비처럼 너그럽게 용서할 줄 아는 지혜를 갖고 싶다. 정의란 올바른 도리나 바른 의의라는 뜻이다.

인간을 가장 가치 있고 아름다운 존재로 만드는 첫째 조건은 바로 정의감이라는 올바른 마음이 있기 때문이 아닐까.

목에 칼을 들이대도 의연하게 제 할 말을 다했던 역사속의 지조 있는 의인들, 가슴 속에 밀서 한장 품은 채 저 만주 벌판을 헤매며 광복의 의지를 펼친 독립운동가들, 6.25나 4.19 때 꽃잎처럼 사라져간 청춘들. 아무리 오랜 세월이 흘러도 그 이름이 영원한 것은 정의가 그들과 함께 했기 때문이리라.

정의란 인간 선언의 시작이고 인간 승리의 종착역이다. 이 세상에 정의를 막을 수 있는 것이란 결코 존재할 수 없다. 왜냐하면 하느님은 언제나 정의의 편에 계시기 때문이다.

대학 입학금, 등록금을 냈다. 아마 2월달로 기억된다.

현재는 대학 정원수가 많았지만 그 때만해도 과 학생이 이십명으로 기억이 난다. 학비도 국립이기 때문에 장학생은 없었지만 고등학교 학비에 조금만 보태면 갈 수가 있었다.

어렸을 때 나는 중고등학교 국어 선생님이 되고 싶었다. 선생님으로 학생을 가르치면서 여름방학, 겨울방학에 글을 쓰면서 일생을 보냈으면 하는 바램이 있었다.

2월 하순경 삼월이 가까울 무렵 대학교에서 오리엔테이션을 받았다. 지금은 단체로 여행가서 받지만 그때만 해도 학교에서 받았던 것으로 생각이 된다. 이제 어엿한 대학생으로 성장을 했다.

4

첫 사랑

편지

삼월 하늘은 너무 파랗고 높았다. 전남대학교 법학과 79학번으로 입학했다. 캠버스에는 나무가 많았다. 앙상한 가지에 새순이 돋아나기 위해서 물이 오르기 시작했다.

정문을 들어서면 운동장이 눈에 보이고 본관을 지나 나무가 많은 가운데 노천극장이 자리하고 있다.

잘 자란 큰 나무가 너무 가까이 있으면 제 진가를 발휘하지 못한다. 서로 가까이 있으므로 상대방에게 그림자를 드리우기 때문이다.

그렇기 때문에 나무를 심을 때에는 먼 후일을 생각하며 일정한 가격을 두고 심어야 서로의 방해가 되지 않는다.

그런 점은 인간도 마찬가지이다.

자주 정신, 됨됨이, 개성이나 그릇이 다른 사람들은 서로 떨어져 있어야 한다. 그래야 상대방에게 고무할 수 있는 안목과 너그러움도 갖게 될 수 있다.

너무 가까이 있으면 좋은 점이나 아름다운 것은 간과한 상태이므로 단점이나 결핍만 유난히 눈에 띌 수 있기 때문이다. 큰 재목이 될 수 있는 인물들은 서로 상대를 상처나게 할 수 있다. 물론 부딪치면서 터득하는 철학도 크겠지만 나름대로 서로를 깎는 것도 많이 있다.

한 알의 밀알은 절대 혼자서는 맺어지지 못한다.

태양과 비, 그리고 알맞은 토양 그런 것들로 인해 밀알은 성숙해지고 많은 열매를 맺는 것이다.

하물며 개성과 인격을 지닌 하나의 인간이 완성되기 위해선 얼마나 많은 분들의 기도와 정성이 숨은 것일까. 우리는 자칫 오만한 자기 오류 속에서 스스로 혼자 컸다고 생각할 때가 있다.

그것은 아주 큰 착각이고 자기 모순이다. 인간은 절대로 혼자 클 수 없다. 부모님, 스승님, 은인, 친척, 친구들 그 많은 분들의 보이는 또는 보이지 않는 은혜로 우리는 오늘을 사는 것이다.

대학 입학을 하고 보니 눈에 들어온 사람은 내 또래의 남자 친구가 아니라 친구 오빠인 상과 4학년에 다니는 선배였다.

이 선배 이름은 강정석. 큰할아버지의 대대로 내려온 머슴의 둘째아들로 내또래 강효순이의 오빠였다.

강정석 오빠의 아버지는 머슴으로 본처는 용곡댁이였다. 그러나 용곡댁은 정신병자로 부부생활을 할 수가 없어 동네 과부였던 효순이 어머니와 결혼을 하여 아들 삼형제, 딸 둘을 낳아 살았다.

옛날이였다면 나는 양반댁 규수로 불렸을 것이고 내 친구 효순이는 몸종이나 같은 애라고 엄마는 늘상 나에게 말하며 머슴집에 가는 것을 못마땅하게 여겼고 같이 노는 것도 싫어 하셨다. 그런데 대학에 들어가서 만나는 사람이 머슴 둘째아들이라는 것을 아직까지는 모르고 있었다. 읍내로 이사와서 무명 양장점이라고 큰 오빠 큰 올케가 운영하고 있었다.

큰 오빠는 양재 기술을 배운 재단사였고 큰 언니는 임신을 하고 배가 불러가기 전에 군대를 간 큰 오빠 없이 혼자 양장점을 경영하다 나오는 이익금을 숨기고 빼내 친정을 도와주다가 경영난의 어려움으로 들통이 나는 통에 아이를 출산한 뒤 쫓겨 나갔다.

둘째 오빠는 상대에 다니고 효순이는 중앙여고 일학년에 다니다가 형제들이 학생들이다 보니 휴학을 하게 되었다. 효순이는 큰올케가 운영하는 양장점 일을 경영을 하다가 전문직이 아닌 일을 하게 되어 문을 닫고 망해버리고 말았다. 재산을 다 정리해서 남은 돈으로 영광군으로 가는 길목 기찻길옆 영광통에서 한옥 한 채를 장만을 해 이사를 하고 복학을 하게 되었다.

목련꽃이 피는 사월 오빠에게 편지를 썼다.

그대 아는가, 사월이 얼마나 이쁜달인지 얼마나 눈물겹게 화사한 신부인지를…….

지순한 그리움 홍건하게 젖는 찬란한 슬픔의 계절인 것을, 나는 사월만 살고 싶다. 사월처럼 살다 사월에 지고 싶다. 하롱하롱 지는 복사꽃처럼 그렇게 떠나고 싶다. 연분홍 복사꽃비 눈발처럼 날리는 날. 온 누리의 재롱이 새록새록 늘어가는 사월.

강산은 연록빛 파스텔의 채도 대비로 물들고 햇살은 오렌지 향기처럼 새큼거린다.

한 낮은 마치 분무기로 사금을 뿜은 듯이 반짝이고, 대기 속에는 깊은 곳에 잠든 생명의 불씨들을 남몰래 점화하는 요정들이 몰려 다니는 것 같다.

사월의 아름다움이야 말로 대자연이 펼치는 최고의 향연이요, 예술이다. 투명한 따사로움이 대지에 번지면서 고무줄 놀이 하기에 알맞은 높이로 자란 보리밭은 녹색파도를 일으킨다.

그 맥락에 한점처럼 팔랑이며 날아든 노랑 나비는 춘흥에 겨워 스케이팅 왈츠를 추고 실개천에 서 있는 연록의 버드나무는 아련한 유혹인지.

물이 오르면서 새살이 돋아나는 버들가지는 가는 주렴을 드리운 것처럼 출렁인다.

그 치렁치렁 늘어진 수양버들 밑에서 벌써부터 봄을 연주한 들꽃들은 또 얼마나 대견한가.

달래, 냉이, 꽃다지, 미나리, 쑥 그 향기로운 산 나무들과 긴 목을 빼고 솟아난 오랑캐꽃, 할미꽃, 민들레.

아! 한국의 봄은 신이 신명으로 쓴 찬연한 서사시이다.

생명의 대 합창곡이다.

텃밭 모퉁이에서 정숙한 요염함을 한껏 뽐내는 자목련의 우아한 자태는 바로 저 이조 여인의 모습이 아닐까. 조그만 눈을 올리면 먼 앞산 언덕에 흐드러지게 피어 있는 진달래, 개나리, 복사꽃.

나는 이 사월이 연출하는 황홀함에 마냥 취하면서 문득 살아 있는 행복을 다시금 껴 안는다.

온갖 시련에도 불구하고 아니 그럼에도 불구하고 살아 있음은 행복이다. 사월에 살아 있음은 크나큰 축복이다.

난만한 곡선을 이루면서 푸른 융단이 되어 드러 눕는 보리밭 씨앗을 품은 밭두렁 아지랭이 흐느낌에 홀려 잉태한 새댁처럼 들떠 보인다.

나는 공연히 발가락이 간지러워 고무신을 꿰어 신고 밭고랑을 밟아 본다. 푸근한 안온함이 발 밑에서 스며든다.

자연이야 말로 스스로를 황홀하게 불태우는 사랑법을 안다.

때를 기다리며 그때가 언제인가를 알며 꽃피울 때를 안다.

함께 기다려 합주할 줄 알고 인내하여 열매 맺을 줄 알며 불태우고 떠나야 할 때 떠난다.

모진 겨울 바람 속에서도 홀로 격정을 불사르고 꽃비로 지는 벚꽃의 죽음, 나는 그 결단의 철학이 부럽다.

발길을 멈추고 심호흡 해 본다.

가슴 속 깊숙이 싱그러운 풀 내음을 맡아 본다.

흙내 마저 향기롭다. 정녕 속진에 찌든 폐부가 맑게 헹궈지는 느낌이다. 그러나 이내 눈물이 핑돈다.

온갖 노여움, 이기심, 어리석음 또는 소유에 대한 열망으로 턱없이 남루한 내 자신이 얼마나 부끄러운지 버들 밑에도 목련 곁에도 선뜻 다가서기가 부끄럽다.

더구나 꽃비되어 흐드러지게 흩날리는 복사꽃 가까이 가기에는 차마 부끄럽고 송구하여 나는 그 자리에 멈추고 말았다. 혼탁한 머리 허전한 바램으로 시도 때도 없이 흔들리는 내 자신이 그 착한 그림을 망칠 것 같아 우뚝 멈춰서서 망연히 바라볼 뿐.

그러나 이 사월이 너무 곱고, 곱다 못해 하염없이 슬퍼져서 끝내 나는 흑흑 흐느껴 울고 말았다. 사월이 주는 사색이야 말로 순결한 고독이며 자아를 되돌아 보게 하는 가장 준열한 아픔이다.

이 계절이 너무 고와서 하루도 가슴이 아프지 않은 날이 없었다. 어떤 날은 살금살금 아리고 어느 날은 통째로 쓰리다. 오늘 같이 복사꽃이 내리고 햇빛이 온통 금빛으로 빛나는 날은 목젖까지 아려 나는 몸져 눕고 싶을 만큼 절절히 외롭다.

어찌하여 이 아름다운 봄날이 오히려 찬란한 슬픔으로 가슴을 에이는지.

데이트

시골집 앞 우물속을 들여다 보았다. 그런데 거기 별이 있었다. 청동 거울처럼 검푸른 물위에 별이 떨어져 있었다. 아름다웠다. 지고한 눈부심이었다. 인간의 말이 소용없는 형용사가 빛을 잃는 극렬한 아름다움의 극치. 마치 거룩한 계시를 받는 듯한 신성함이랄까?

나는 순간 눈물이 핑 돌았다. 역시 살아 있다는 것은 숨겨진 아름다움을 하나하나 발견해 나가는 노정인 것을. 아직 내가 만나지 못한 기쁨들을 충분히 더 맛보지 않고서는 아직은 어떤 결론도 더 내릴 수 없음을…….

나는 그 별을 길어 올리고 싶었다. 밤사이 추운 것도 잊은 채 물결이 잔잔해지길 기다려 수없이 두레박을 내렸다. 그럴 때마다 별은 한 찰나에 부서지면서 신선한 비늘을 떨었다. 어쩌면 그것은 별빛뿐이었으리.

노상 허탕질이었다.

당연한 귀결이었다. 내 그림자로 별은 보일리가 없었다. 아니 별이 나처럼 속된 사람에게 잡힐 리가 없었다.

그렇게 살고 싶었다. 차고 맑고 귀하게.

살아야 한다면 살아가야 한다면 그렇게 살고 싶었다. 물먹은 보석처럼 찬연히.

어떻게 사는 것이 그렇게 찬란히 사는 삶인지 젊은 날은 그 물음으로 괴로웠다. 그 투명하고 시린 눈부심을 눈 멎은 채 들여다 보다 문득 하늘을 보았다.

거기 검은 비로드에 다이아몬드를 흩뿌려 놓은 듯이 쏟아지던 별비. 그 가운데 어느 순결한 별하나 저 광활한 우주를 배회하다 잠시 지상에 들려 목욕하러 내려온 것이었으리라. 그것은 우주의 신비요, 경이 그 자체였다. 세상이 문득 확연한 깨달음으로 다가왔다.

적어도 내가 겪고 해결해야 할 젊음이란 본질을 꿰뚫는 명징한 인식욕과 진리 가까이 가려는 목마름에 그 기저를 두어야 한다고 결론지었다.

그리고 생의 어느 한 순간도 새어나감 없이 완벽한 불꽃처럼 연소할 것을 나 자신에게 명령했었다. 살아 있는 동안은 온전한 불꽃으로 존재할 것, 우물에 떨어진 별을 긷는 순수로 살아 갈 것, 그리고 완벽하게 존재하기 위해 시간을 극기할 것, 높이 더 멀리 날기 위해 부단히 아파할 것, 그 밤에 다시 책장 꾸러미를 챙겼다.

내 삶에는 젊음이 지녀야 할 불꽃과 영롱한 지혜로움, 불의에 대항하는 용기나 자유에 대한 확고한 의지조차 결여되어 있었다. 마냥 흘러가 버리는 시간에 대한 초조함과 아무 것도 이룩해 놓은 것이 없음에 대한 조바심으로 안타까워하는 일상에 익사한 생활 인의 남루한 자화상을 볼 뿐이었다.

가끔씩 깊은 밤이면 홀로 깨어 조용히 자문해 본다. 아직도 빈 두레박을 수없이 허탕치며 길어 올리는 나를 본다.

살아온 젊은 날보다 살아가야 할 날이 더 짧은 지도 모른다. 아니 어쩌면 생각보다 훨씬 가까운지도 모른다.

어떻게 살아야 할까?

어떻게 사는 것이 그을음 없이 연소하는 불꽃일 수 있을까?

도대체 살아 있는 동안 별처럼 순수하고 아름다운 가치를 찾을 수는 있는 것일까?

어쩌면 별은 애초부터 하늘에만 있고 우물 같은 곳에 내릴 수 없음인데 내 어리석음으로 이제까지 고집 부려온 것은 아닌지. 그러나 별을 긷는 영혼만을 잃지 않으려 애써보니 어쩌면 나는 아직 살아 있는 삶인지도 모른다. 오늘 밤에도 별이 돋았다.

별이 돋는 밤 둘이서 같이 걸었다. 별빛이 안개처럼 쏟아지는 밤. 겨울 강가의 수은 등 아래를 걸으며 그대는 생각해 보았는가. 생은 밤을 가르며 지나가는 밤 열차인 것을…….

휘황하게 불을 켠 채 어둠을 쪼개며 유성처럼 흘러가는 긴 열차를 보았는가. 그대는 이제 그대가 내려야 할 역에 가까이 왔는지도 모른다. 그 역은 신만이 정할 뿐이다.

그대는 욕심내는가. 현실에 집착하여 명예와 권력과 금력의 끝자락을 잡으려 허우적 거리는가. 아직도 그대는 잔 감정의 끝떨림으로 잠 못이룰 만큼 사치한가. 가장 어리석고 가장 여리고 가장 맹목적인 사람아. 그대는 무엇을 구하고자 그토록 열망하는가. 때로 그대는 회의할 것이다.

많은 인간들 가운데 있을 때 아무런 위안도 얻을 수 없으며 그 어떤 사람도 완벽하게 그대를 이해할 수 없고 그대 가슴에 절대일 수 없음을, 그것을 문득 깨닫는 순간 그대는 비로소 가슴 저미는 고독에 몸을 떨 것이다. 그리하여 그대는 조금만 좋아하기 조금만 소유하기 조금만 상처받기 조금만 아프기를 다짐할 것이다.

나는 그지다. 커피 그지. 거지가 아니고 그지. 커피향에 취하면 내 전신의 신경줄은 마치 스프레이 뿜은 잎사귀처럼 싱싱하게 되살아 난다. 내가 이 커피 그지가 된 지는 대학생이 된 뒤부터다. 단 한 사람의 교수때문에 그지 노릇을 한다. 그러나 즐겁고 행복한 그지다. 그리고 그지 노릇도 동냥을 주는 행위도 모두 기꺼이 즐거움을 전제한 적선이어서 이 그지 관계는 아름답다.

나만 이렇게 그지 노릇을 하는 것은 아니다. 선배 몇몇도 나처럼 단골 그지다. 그런데 이런 떼거리 그지에게 교수님은 단 한번도 언짢은 기색이나 귀찮아 하는 모습을 보인 적이 없다. 그 중에서도 나는 마치 이년치의 커피 값을 맡겨 놓은 사람처럼 당당하게 주문하고 교수님은 보약 달이듯이 정성껏 커피를 끓여 우리를 대접한다. 물론 우리 모두 단 한번도 커피나 설탕, 프림을 사다 준 적이 없다. 마치 당연한 채무자처럼 월급을 떼어 가지고 구입한 커피를 군말 없이 우리에게 나누어 준다.

이렇게 된 까닭은 인스턴트 커피를 개머루 먹듯 맛도 음미하기 전에 숭늉보다 더 빨리 마시는 우리들을 보면서 교수님이 커피 철학을 펴기 시작하는 데서 비롯되었다.

하루는 유리 보온병을 가지고 와서 시험하더니 다음날은 아예 백화점에서 원두 커피를 사다 끓이는게 아닌가. 그 향기는 가히 일품이었다.

향기가 복도를 진동하고 코를 나발통처럼 벌리며 모여든 학생들. 그 맛에 감탄하고 흠흠거리며 탐하면서 서서히 우리들은 몰염치한 그지로 전락한 셈이다. 그런데 중요한 점은 이 커피 그지들이 각자 모두 적선 받은 커피 맛보다 이 커피를 끓여 주는 교수님을 사랑하는 점이다.

물론 그 가운데 내가 심한지 모르나 나는 노처녀 교수님이 병뚜껑을 열고 비닐 봉지를 틀어 커피를 한 스푼씩 떠낼 때 이내 어지럼증 같은 행복감에 젖어 버린다. 커피 타는 내음이 몇 평짜리 교수님 방에 가득차고 팝송을 들을 때면 마치 오래되고 안락한 쾌적함이 느긋하게 기포 속으로 헤엄치는 것 같다. 그리고 가장 사무적인 공간이 싱싱하게 물이 오르면서 그럴 듯한 낭만의 숲으로 탈 바꿈한다.

반대

화창한 봄날 강정석과 시내에 있는 제일다방에서 한 두번 만났었다. 그런데 학생들이 자주가는 다방이라 그런지 공대에 다니는 삼촌 눈에 띄었다. 삼촌은 재수를 해서 우리 대학 1학년 학생이었다.

그날도 나는 다방에서 정석씨와 세번째의 만남을 기다리고 있었는데 삼촌이 친구들과 먼저 와 커피를 마시고 있었다.

"경희야, 여기 와 앉아라."

경희는 집에서 부르는 이름이었다.

나는 삼촌에게 누구를 만난다는 말도 못하고 삼촌 옆좌석에 앉았다.

조금 있으니 시간에 맞추어 효순이 오빠 정석 씨가 들어왔다. 들어오다 다시 나가서 내가 있다는 것을 확인을 하고 다방으로 전화를 했다. 다방레지가 삼촌을 바꾸어 주었다.

"옆에 있는 여자가 누구냐."

"내 조카다. 너는 누구냐."

"선배 강 정석이다."

"네가 큰집 머슴 아들이냐. 감히 누구를 만나느냐. 큰일 나기 전에 그만두어라, 알았느냐."

대답도 못하고 선배가 전화를 끊었다.

삼촌은 나를 보내지 않고 같이 있다 버스를 타고 집으로 왔다. 시내 버스가 다니지 않던 마을에 두 시간 간격으로 시내 버스가 다녀 자취를 하지 않고 집에서 통학하는 학생들이 많았다. 그런 일이 있은 후 엄마는 곧 알게 되었다. 귀가 시간도 아홉시 안에 들어오도록 귀가 따갑게 말을 들었다.

작은 집 할아버지는 머슴 강순둥이에게 찾아가서 자식 교육 잘시키라고, 엄감생신 누구를 넘 보느냐고 따끔하게 말을 했다.

선배는 집안차이와 신분차이로 자존심이 상했는지 다시는 만나자는 말을 하지 않았다.

나는 이때부터 좋아하는 사람과 만나지 못한 일로 인해 내가 좋와하는 일을 하며 살고 싶었다.

학교에서 국문과 도강 다니기를 즐겨하기 시작했다.

사랑의 열병을 잠시 앓은 뒤 서울을 밤차로 올라가 친척집에 하루 이틀 묵으면서 간혹 울적할 때 들르는 교보문고와 종로서적에서 색깔을 알 수 없는 혼란에 빠졌다.

나를 보아 달라고, 사 달라고 아우성치는 그 많은 책 책 책. 그런데 묘한 당혹과 쓸쓸함을 부정할 수 없다.

아이디어와 색감을 총 동원하여 표지에 치장하고 더 큰 활자로, 더 큰 목소리로 진열대 위에 누워있는 하루에도 수십 권씩 쏟아져 나오는 책들. 인쇄물의 산 산 산.

저마다 베스트셀러라는 간판을 달고 진열대를 메우는 그 많은 신간 서적이 느닷없이 무의미한 종지부가 된다. 그토록 쓰지 않고는 견딜 수 없는, 정녕 쓰는 것만이 생존 그 자체인 사람들이 어찌 이 세상에는 이다지도 많은가.

하지만 그 책의 바다 속에서 정작 가슴을 적시는 물먹은 별은 많지 않다. 한 인간의 삶이 나침반을 돌려 놓고 영혼의 갈증을 해갈할 진리로 가는 이정표는 누구에게나 만날 수 있는 것은 아니다. 그리고 어쩌면 너무 많기에 못 찾는 것인지도 모른다.

때론 이러한 회의감이 온통 삶의 의미를 회색으로 적시곤 한다.

어쩌다 가슴이 뛰는 감동적인 글을 만나면 문득 존재의 물음에 대한 해답인 듯 살아 있음을 느낀다.

그 순간 우물에 떨어진 별을 두레박으로 길어 올리는 순결한 감동조차 맛본다.

나는 아름다운 글이란 어쩌면 어린시절 어느 춥던 밤에 우물 속에서 보았던 별빛처럼 그런 찬란한 감동이 있어야만 한다는 고집스런 생각을 가지고 있는지도 모른다.

언제부터인가 나는 그런 아름다운 가치를 찾아 나 자신을 연소시키겠다는 생각을 했었다.

그리고 그것은 언제나 빛나는 한편의 글일 수밖에 없다는 결론으로 귀결되곤 했다.

그러나 없다. 내 글에는 별이 없다.

일상에 익사한 미운 자아를 끄집어 내어 수없이 학대하고 응징해 본다. 어쩌면 나는 읽기로써 자족해야 할지 모른다. 그러나 그러나 나는 그런 글을 쓰고 싶다.

신의 계시처럼 본질을 꿰뚫는 명징한 인식, 온유하고 성실한 그리움이 교직된 그런 글, 그 어느 시대에도 진정으로 깨어 있는 사람들이 사랑할 수 있는 그리고 진리와 사랑으로 직조된 그런 글을.

감히 그런 글을 썼다고 자부할 수 있을 때 어쩌면 얇은 책으로 묶어 볼 수 있는지도 모른다. 그것이 그 숱한 책들의 바다에 하나의 인쇄된 공해를 보태는 격이 될지라도…….

그러나 어쩌면 나는 영영 아무 것도 묶지 못할 것 같다. 그저 잘쓴 남의 글, 꽃같이 향기롭고 아름다운 남의 글을 읽으며 가슴저려 눈물 짓는 탐욕스런 독자일 뿐. 지금도 다리가 저려 나는 서가 끝 귀퉁이에 쪼그리고 앉는다. 서서 읽은 두 권의 책과 한 권의 시집.

언제쯤 나도 내 이름 박은 책 한 권 가질 수 있을까?

서점 순례자의 꿈이 별처럼 멀기만 하다.

그리고 나는 일요일 밤 차를 타고 광주에 내려 오곤 한다.

꿈꾸는 봄날에 듣는 월광곡은 왜 이리 서러운가.

공중에서 파문이 지다 직선으로 꽂히면서 잽싸게 난타하고 도망치는 바람. 나는 그 바람의 벌판 속에서 조금씩 삐짓거리는 눈물을 눈속에서 말리며 걸어 갔다.

추적추적 내리는 비의 잔해에서 토스토예프스키의 『죄와 벌』에 나오는 소오냐가 살던 뒷골목이 연상이 된다.

비도 정갈하고 산뜻하게 내려야지 이토록 진종일 내리는 비는 공연히 우울증을 동반해 사람을 서글프게 만든다. 이런 날 나는 까닭없이 울고 싶어 진다.

그리하여 언제부터인지 묶어 놓은 일기 다발과 글 묶음을 확 불 지르고 싶은 욕망 때문에 얼마나 자신을 견제해야 하는지 모른다.

비교적 잘 떠오르고 그럴 때마다 낙서처럼 즉흥적으로 써 놓은 졸작들과 잡문들을 버리지 못하고, 일기장은 너저분한 채 묶이고 포장 되어지면서 어려서 써온 것이 이제는 큰 보따리가 되었다.

나는 너무 절박하게 살았다. 언제나 뜨겁게 찬 모순된 감정의 반란에 회의하면서 자주 신열에 시달렸었다.

나도 지혜열을 앓는다면 난 좀 심한 편이리라. 열병을 앓고 나면 영혼의 투명한 창 밖으로 세상은 늘 새로운 탄생을 꿈꾸고 있었다.

그러나 오늘처럼 쓸쓸하게 비가 내리고 온통 지난 날이 끈적끈적한 자기 연민을 불러 일으키는 날은 몽땅 태우고 한 줌의 하얀 재로 남고 싶다.

살았던 흔적 소심하나 누구보다 가슴이 뜨거웠던 삶의 흔적이 모두 부질없이 느껴진다.

아무런 흔적도 남기고 싶지 않다.

못을 박았던 자리도 흔적이 남는데 이십년 생애가 모두 지워질 수 있으랴만 세상사 모두 부질 없는 욕심이다.

색즉시공이요, 공즉시색이란 말이 오늘 따라 절감된다.

나는 너무 정열적인 학생이다. 매사에 미친듯이 열정을 지닌 탐미주의자였고 일등이여야 족하는 완벽주의자였다. 실수가 두려워 손바닥엔 늘 땀이 흘렀고, 내면의 허둥거림을 감추느라 늘 초조했고, 그래서 냉정하고자 했었다. 귀가 시간이면 피 흘리는 전사처럼 지친 영육으로 돌아와 보람과 충만을 저울질 하곤 했었다.

그러나 다 부질없는 것이다. 아무것도 건진 것은 없다. 얻은 것도 없다. 따라서 남길 것도 없다.

5

군대에 떠나다

영장

싱그로운 초목 위에 훈풍이 불어와 살랑살랑 봄 바람이 춤을 춘다. 호수가에 나무들은 담황색깔로 옷을 입고 축제 분위기에 학교는 들썩들썩 시끄럽다. 흥겨운 농악놀이의 장단에 맞추어 발걸음은 한결 가벼웁게 느껴진다. 잠시 잔디에 앉아서 생각에 잠겨 먼 하늘을 처다보며 생각한다.

선배와 만나는 것을 목격한 삼촌은 내무부 개발국장으로 발령 받아 서울에 사는 당숙에게 보고를 해서 곧바로 영장이 나오게 손을 써 놓았다. 4학년 졸업 논문을 써야 하는 한 학기를 남겨두고 신체 검사를 받아야 하고, 휴학을 해야만 하는 입장에 놓이게 되었다. 선배 아버지가 머슴이였지 선배는 머슴이 아닌데 나의 힘으로는 도저히 막지 못하는 일이 되었다.

교정을 한바퀴 돌고 혼자서 빠져나와 광주천 갯가의 버드나무가 휘영청 주렵을 두리우는 과로수 길을 걷는다. 몇 권의 책과 가방끈이 긴 핸드백을 메고 가만가만 천천히 걸음을 걷는다.

다리를 건너 광주 공원으로 올라가는 아래에 실내 체육관이 있고 계단을 올라가 박물관이 진열되어 있는데 거기에서 선배가 기다리고 있었다.

"너도 알고 있지. 나 군대 간다."

선배가 말했다.

"미안해 선배. 나 때문에 졸업도 못하고 군대 가게 되어서……."

아무말도 안한다. 나는 더 이상 말도 못한다.

"먼 훗날 추억거리로 생각하자. 지금은 고통스러워도."

짙은 사랑은 못했지만 가장 마음속에 남은, 짝사랑으로 끝나버린 사랑. 가장 순수했던 마음으로 오래 남을 것이다.

나무 밑 벤치에 나란히 앉았다. 비둘기들이 날아와 모이를 쪼아 먹는다. 구구구 소리를 내며 날아간다. 오랜 침묵이 흐른 뒤 둘이서 일어섰다. 나란히 걸었다. 계단을 내려 실버들 개천가 가로수 길을 다시 걸어 나는 평동으로 가기 위해 선배와 헤어졌다.

양동시장 버스 쉬는 곳에서 버스를 기다렸다. 사람들이 시장을 보기 위해서 북적댄다. 물건을 팔기 위해서 상인들의 외치는 소리, 붕어를 굽는 붕어빵 장수, 과일을 파는 과일 장수, 저쪽 길 건너 옷만 파는 장소가 따로 있어 사람을 끄는 소리로 시끄럽다. 나는 버스 정류장에서 가만히 서서 기다렸다.

생선 야체 파는 곳을 무심코 바라보는데 이윽고 버스가 왔다. 자리가 없어 서서 잡고 있다가 송정역에 도착하니 내리는 사람이 많아 자리에 앉았다.

한참 모내기를 하는 바쁜 시골이다. 기계로 하는 곳이 있는가 하면 손으로 심는 곳도 있다. 시골 풍경 너머로 바람이 창문을 열어 놓아 내 머리카락을 날린다. 전원 교향곡이 울려 퍼지는 것처럼 참새와 제비들도 창공을 날으며 자유를 즐기고 있었다.

황룡강 다리를 건너서 먼지를 일으키며 두 갈래 길로 나뉘어 지는 삼거리에 도착했다. 버스에서 내려 집에 들어가니 집에는 할머니가 김치를 담그기 위해 준비를 하고 계셨다. 엄마는 들일을 하시고 할머니는 집안일을 하시기로 일분담을 하셨다. 나는 책상위에 책을 얹어놓고 할머니를 거들었다. 일찍 모내기를 끝내고 엄마가 들어오셔서 마침 동생들도 학교 끝나고 집으로 들어와 식구들이 빙 둘러 앉아 도리상에서 맛있게 저녁밥을 먹었다. 반찬은 막 담근 배추 김치, 콩자반, 멸치볶음이었다.

엄마는 힘들게 사남매를 가르치기 위해 바쁘셨다. 일을 하며 벌어 들이는 것은 공무원이신 아버지의 박봉과 열 마지기의 농사뿐이었다. 열 마지기에서 세 마지기는 우리집 반찬거리인 여러가지 밭작물을 지었다.

저녁을 마친 후 엄마는 더이상 선배 얘기를 하지 않았다.

나는 내 방으로 건너와 책상에 앉아 이것저것 생각을 했다. 지금까지는 뚜렷한 목표가 없었다.

졸업 후 공무원으로 취직한다는 것뿐, 어려서부터 내가 좋아하는 일을 하기 위해서는 대학생이 되기 전보다 시간을 투자하지 않았다.

언론은 출판의 자유가 없어 이 길을 가면 배고픔을 감안해야 하기 때문에 집에서도 선뜻 밀어주지를 못했다. 덥지도 춥지도 않은 이 계절에 학교생활은 재미를 부치지 못했다. 여학생이라고는 나 혼자라서 남학생과 어울리는 시간이 많아 집에서 이것 저것 간섭하는 일도 많았다.

대학생활에서 미팅은 시시하다고 생각을 했었는데 그래도 한번은 해 보아야 하지 않을까 하는 생각에 여자 남자 다섯명씩 짝을 맞추어 껌 종이에 한글로 숫자를 1~5번을 써서 종이를 접어 섞은 후 던져 주운 후 그날 짝을 맞추는 일이다. 그날은 커피 한 잔만 마시고 끝나버렸다.

맑은 샘가에 별이 떨어지는 집 앞 우물은 메워지고 토끼를 키우고 전기로 깊은 땅속에서 물을 퍼올리는 수도로 바뀌었다.

살구 나무는 고목이 되어서 이년 전부터 열매가 열지 않았다. 그렇게 어여쁘던 살구꽃도 피우지 못하고 이파리만 짙은 녹색으로 무성히 자리를 지키고 있었다.

한 나라의 장래를 보려면 그 나라 청년의 눈빛을 보라는 말이 있다.

이 말은 청년들의 눈빛 속에서 예지와 슬기로움을 찾을 수 있으면 그 나라의 운명은 밝고 낙관적이며, 탁하고 해이해져 있으면 어두운 미래를 부르게 된다는 말이다. 즉 날카롭고 냉철한 이성의 소유자에게 올바른 가치관과 역사 의식을 찾을 수 있으면 찬란한 세계사의 주역을 기대 할 수 있다는 말이다. 청년은 자칫 격정이나 오류에 휘말리기 쉬우며 뜨거운 정열에 가리워 판단을 그르치기 쉽다. 무릇 실수의 동기나 범죄는 냉정한 이성을 갖지 못한 데서 오는 것.

인간의 마음에 이성이라는 것이 없어서 자신을 억제하거나 견제할 수 없다면 인간은 가장 무섭고 추한 짐승이 될 것이다. 따라서 '자아성찰' 을 통해 인격을 생성하고 올바른 이성을 갖도록 노력해야 한다.

이성은 물론 물과 같이 깨끗하고 순수하며 명쾌한 논리이다. 그러나 집속에 든 칼과 같이 날카롭다. 왜냐하면 지성인이 간직하는 보검이기 때문이다. 그러므로 이성이야 말로 인간의 지고한 가치 기준이 아닐까.

할아버지와 장기를 두면서 때때로 많은 생각을 하게 된다. 두 사람이 판을 대하고 말을 번갈아 움직여 승패를 겨루는 오락인데 본래 인도에서 생겨서 중국을 거쳐 우리 나라에 들어 온 재미 있는 병법 놀이이다.

장기에는 장이 한 개, 차, 포와 마, 상사가 두 개씩, 병졸이 다섯 개씩 해서 한 편이 모두 열여섯 개가 된다. 지혜를 짜내어 장기를 둘 때 차를 가장 아끼게 되는데 차는 종횡으로 어디든지 갈 수 있기 때문이다. 즉 전진 후진 좌우로 움직일 수 있는 차에게 주어진 특권은 거칠 것이 없다. 그는 뜻대로 포나 마, 상을 단숨에 뒷걸음질하여 잡을 수도 있다. 자유가 있다는 것은 이처럼 무한의 가능성이며 성취이며 보람이다. 이상의 완성이다. 그런데 이렇게 거칠 것 없는 차도 죽을 때가 있으니 그것은 음흉하게 숨었다가 기습을 하는 상이나 마인데 이것은 차가 다 이긴 것처럼 지나친 자만과 방종에 빠지는 순간이다.

참다운 자유는 인류의 이상이며 지고한 가치이다.

그러나 스스로 책임지고 관리할 줄 모르는 자유는 파멸을 초래하게 된다. 나에게 주어진 자유를 방종과 혼동하여 함부로 행동하지 않는가 돌이켜 본다.

여자가 생김

친구 효순이는 일년 휴학을 하고 다시 복학을 해서 지금은 고3이다. 집안 사정이 여의치 못해 대학 진학을 포기한 상태라 가끔씩 만나는 시간을 가졌다. 그런데 효순이가 둘째오빠에게 여자가 생겼다는 말을 해주었다. 그 말을 듣는 순간 별로 실감은 나지 않았다. 눈으로 보지 않았기 때문이리라.

오빠는 토요일 평동면 명화리 저수지에 낚시를 하러 가던 도중에 그 여자분을 만났는데 직업은 평동 초등학교 보조교사라고 했다. 나는 잘됐다는 생각을 했으면서도 한편으로는 서운도 하였다. 나에게는 이룰 수 없는 첫사랑이였기 때문이다. 그리고 심통도 났다. 내가 갖기에는 싫고 남주기에는 아까운 마음이 들었다.

선배는 다른 여자를 사귀는 게 군대에 가서 편하게 보내는 방법이라고 생각을 했던 것 같다.

일학기 기말 고사를 보고 여름방학을 했다.

중 · 고등학교를 같이 다녔던 친구를 만나기 위해 김소진 집에 찾아 갔다.

소진이는 초등학교 김옥진 선생님의 막내 동생이다. 만나서 유쾌하게 놀다가 저녁을 먹으려고 송정읍 명동거리로 나와서 효순이를 만났다. 셋이 저녁을 먹고 가로수가 있는 큰 도로에 나왔다. 그런데 정석선배와 새로 사귄 여자가 지나쳐 갔다. 질투의 눈빛을 보냈지만 방해는 하지 않고 그냥 보내 주었다. 나의 눈으로 직접 확인을 하고 보니 이제는 아무런 관계도 아니라는 생각이 스쳐지나갔다. 나에게 그냥 스쳐지나 버린 풋사랑으로 끝났다.

어둑어둑한 밤길 버스를 타고 집에 들어갔다. 식구들이 텔레비젼을 보면서 칼라텔레비젼이 새로 나왔다며 야단 법석이었지만 우리집 형편으로는 구입할 수 없는 것이었다.

방학이라고 초등학교때 친구인 배성태, 조정현, 김해수 그리고 4년 선배인 감하룡, 선 · 후배 할 것 없이 동네에 있는 마을 회관에서 탁구도 치고 학교가 가까워 학교 운동장에서 공도 차고 배구도 하며 한가롭게 어울려 놀았다.

저수지 옆에 명화리는 수박밭, 참외밭이 많아 모두 가서 원두막에 앉아 수박, 참외를 깎아 나누어 먹던 추억이 있다. 여름이라 뜨거운 햇볕을 가리우는 나무 밑에서 바둑 장기도 두고 옛날처럼 여자, 남자 가려 노는 것이 아니라 모두 한데 어울려 재미있게 지냈다.

대학에 가서 만나자고 하던 김훈호가 중국어과 배성태가 지리학과 조정현이 조선대학교 공대에 다니던 친구들이다. 이렇게 대학에 갔던 초등학교 친구들이 만나 단합대회도 했다. 작열하는 태양볕 아래 농사일도 가끔씩 돕기도 했다. 봉사활동은 가지 않고 농사 짓는 엄마, 아버지를 따라 농약을 치는 길다란 줄도 잡으며 일을 거들었다.

대학에 가면 모든 것이 나만 위해 존재한다고 믿었건만 막상 들어가니 별거 아니었다. 자유가 있는 학생, 반 사회인이 시간을 쪼개어 아르바이트를 시간제로 한 때도 있었다. 고등학교때 공부한대로 계속 공부한다면 과에서 일등도 할 수 있을 터인데 그렇게 치열하게 공부하는 사람은 없었다.

다른나라는 어려서 잘 놀고 대학에 가서 공부를 한다고 하던데 우리 나라는 어떻게 된 영문인지 놀고 먹고 마시고 너무나 공부를 하지 않는다.

나는 음악을 좋아해서 처음으로 녹음기를 사 가지고 좋은 음악을 녹음하여 듣고 또 듣고 했던 때도 있었다. 행복, YMCA, 그때 그사람, 사랑이여, 너, 허공 그때 유행했던 대중음악이다. 친구들과 밤늦게 야간 업소 고고장에 가서 맥주도 마시고 춤도 추고 마음껏 논 적이 있었다.

집에서는 엄마, 아빠가 걱정을 많이 하셨다. 대학에 보내놓으니 하라는 공부는 안하고 놀기만 한다고 꾸중도 많이 들었다.

학생들이 나만 그런 것이 아니고 다들 그렇게 한다고 말해도 엄마와 아버지는 남학생들과 어울려 노는 것을 못마땅히 여겼다. 아버지께서 교육을 받던 시대와 우리가 교육받는 시대가 다르다고, 세대차이라고 따진 적도 많았지만 여전히 간섭하는 게 많았다. 황룡강은 푸른 비늘을 떨면서 눈부시게 쏟아지는 팔월의 햇살아래 맨살을 드러낸 채 흘러 가고 있었다.

산수 좋은 달빛 아래 호젓이 누워 바람소리, 새소리, 풀벌레 소리 가득한 강가에서 시 한 수 읊으며 보냈다.

하느님께서 사람의 얼굴을 만드실 때 눈과 귀는 각각 두개씩 빚으시면서 왜 입은 오직 한 개만 주셨을까를 생각해 보면 인격과 함수관계를 깨닫게 된다. 분명히 하느님께서는 보고 들은 것들의 사분의 일만 말하라고 입은 하나만 주셨을 것이다. 그만큼 재앙이나 화근을 부를 수 있는 요주의적 기관이기에 절제와 조심을 하라는 뜻이 아니겠는가.

빈 수레가 요란하다는 말도 있듯이 인격이 갖추어졌고, 학문이 깊은 사람일수록 말을 아끼고 조심함을 보게 된다. 그런데 침묵의 위력이 때로는 두려운 무기가 될 수 있다. 잘 알지 못하는 사람이 입술을 굳게 다물고 있을때 그가 어떤 수준의 사람인지 모르므로 경계하게 되며 한 일자로 꾹 다문 입술에서 결의와 의지를 느끼게 된다. 침묵을 지키고 있던 사람이 뱉어내는 한 마디의 말은 가장 강경한 웅변이 될 때가 있다.

입을 열면 진실만을 말하라. 그렇지 않으면 가만히 있는 편이 낫다는 말도 있다. 매일 침묵의 영상 속에서 자아를 재 발견하고 성찰하며 마음 속의 창문을 열어 두자.

침묵이야말로 영혼을 성숙하게 하는 예지로운 스승이다. 삶은 오래 참고 견뎌 낼 수 있는 자에게만 성공의 영광을 가져다 주는 것 같다.

실로 '인내는 쓰나 그 열매는 달다.' 는 금언처럼 고난을 참고 극복한 후에야만 빛나는 순간을 가질 수 있을 것이다.

전등 빛이 하얗게 빛을 잃는 새벽까지 책상 앞을 떠나지 않는 향학의 집념뒤에 인내의 열매가 열리며, 현실의 안이함과 유혹을 슬기롭게 뛰어 넘고 끈기 있게 자기와의 결투에서 이긴 후에 인내의 열매를 딸 수 있으리라. 삶의 참된 의미와 가치는 인내와 끈기의 과정에서 성숙하며 더욱 알차게 영글어 지는 것. 인내와 끈기를 새롭게 다짐했다.

물고기 한마리를 주면 그것으로 하루를 먹고 살 수 있으나 물고기 잡는 방법을 가르쳐 주면 그것으로 일생동안 먹고 살 수 있다. 이 같은 유태의 격언에서 우리는 지혜의 위대함을 느낄 수 있다. 이는 곧 지식인의 재산보다도 창조력이나, 어떤 상황을 슬기롭게 대처해 나갈수 있는 지혜의 중요성을 가르치는 말이라 할 수 있다.

머릿 속에 들은 지혜는 그 누구도 뺏을 수 없으며 지혜로운 사람만이 현명하게 살아갈 수 있다. 지식이 무엇에 견줄 수 있다면 지혜는 어떻게 비유할 수 있을까. 삶의 성공에 풍부한 지식이나 재산도 필요하나 그보다 더 중요한 것은 현명한 지혜라고 할 수 있다. 당면한 어려운 상황이나 시련에서 무엇을 할 것인지는 지식이 가르쳐 줄 수 있으나 현명하게 대처해 나갈 수 있는가의 판단은 곧 지혜로움만이 해결한다.

성숙한 지혜는 물질적 재산보다 소중하며 백과사전만큼의 지식보다 강하며 그 생애가 다할 때까지 영원한 무기가 아닐까 생각한다.

안녕

구월이 되면서 시원한 바람이 온 세상에 세례를 주듯이 불어왔다. 맑고 산뜻한 느낌으로 맞이한 가을은 많은 결실을 맺기 위해 한낮에는 늦더위로 남국의 햇볕을 더욱 갈망했다.

영장이 나온 뒤 신체검사를 받고 삼개월만에 군대로 떠난다는 선배에게 마지막 인사는 해야겠다는 생각을 했다.

코스모스를 베어버린 길가에 씨가 떨어져 올해에도 많은 꽃을 피워냈다. 하늘은 파랗고 너무 높아서 시골에서 바라보는 들판은 누런 황금 물결로 출렁거려 하늘과 들은 한편의 교향악을 연출해 내는 그림과 같은 전원 풍경을 걸으면서 들꽃의 향기를 음미한다. 남의 눈에 잘 띄이지 않고 강인한 속성과 은둔, 끈기와 인내의 꽃 나는 그런 꽃을 사랑한다.

나는 이곳을 떠나리라. 넓은 서울로 가서 새로운 인생을 시작하리라.

그때가 언제 될런지는 모르지만 많은 문화적인 혜택을 누리고 있는 서울을 동경하기 시작했다.

작가와 독자가 만날 수 있는 문화적인 공간, 책을 마음대로 읽고 있어도 아무런 말을 듣지 않는 곳. 영화, 연극도 보고 싶으면 볼 수 있는 자유가 있는 그런 도회지에서 살고 싶다고 가만히 혼자 외쳤다.

단지 선배와 만날 수 없기 때문이 아니었다. 어려서부터 문인이 되기위해 할아버지의 가르침과 그 길로 성공하기 위해 나는 무단히 서울 밤 완행열차를 타고 오고 가고 했었다. 기차 안에서 옆좌석에 앉은 모르는 사람과의 대화, 그리고 나 자신과의 대화, 나를 키워나가기 위해서 청소년에서 성인으로 되어가는 과정이 많은 아픔을 통해 성숙해 가는 것이다.

내 나이 스무살. 만으로는 열 아홉살, 나는 무엇인가? 나는 무엇을 하며 살아야 하나? 그러한 물음으로 나를 창조하기 위해서 무단히 노력을 해야 한다.

추석을 보낸 후 선배는 군대에 가기 위해서 머리를 깎았다.

우리 동네에 사는 선배 친구 강우원이는 건국대학교에 다니다가 먼저 군대를 갔다 휴가를 받아 친구를 만나기 위해 찾아와서 같이 게임을 하며 놀았다. 며칠 동안 놀다보니 선배의 군대가는 날이 되었다. 선배는 논산훈련소로 바로 가는 것이 아니라 순천에서 모여 논산으로 들어간다고 아침 일찍 밥을 먹고 시외버스터미널에 가기 위해 준비를 했다.

광산구 구청 옆에서 버스를 타고 제일고 앞에서 내렸다. 제일고 앞에서 버스터미널까지 같이 걸어가던 도중 선배의 여자친구가 나타났다.

선배의 여자친구는 순천에서 살기때문에 선배의 군대가는 곳까지 배웅을 하고 난 후 집으로 가기 위해 만나자고 했다는 것이다. 나는 어느정도 마음을 정리한 후라 감정을 억누르고 아무렇지 않은 것처럼 대화를 했다.

시외버스 터미널에서 버스를 타기 위해 길다랗게 줄을서서 기다렸다. 마지막으로 선배와 악수를 하고 헤어졌다. 앞날에 행운과 무사히 돌아오라고 기도를 했다.

선배를 보내고 강우원 선배와 돌아오는 도중 커피숍에 들러 커피를 마시면서 대화를 했다.

"나와 사귀지 않을래. 앞으로 잘해 보자."

"선배, 정석 선배를 지금 막 떠나 보내고 마음 정리가 덜 되었는데, 무슨 말을 하는 거야."

"미안하다. 내 생각만 해서…… 나도 곧 휴가가 끝나. 군대에 곧 들어가야 해."

"선배, 군대생활 잘 보내고 건강하게 잘 다녀와. 그 다음에 이야기 해."

하고 웃으면서 선배와 헤어졌다. 그리고 잠시 혼자 걷다가 버스를 타고 집에 들어 갔다. 시간은 오후 세시경이었다.

엄마는 일을 일찍 끝내고 집에 들어 오셨다.

"엄마, 이젠 엄마가 걱정하던 그런 일은 없을거야. 선배, 군대에 들어갔어."

"그래 마음을 잡고 공부에만 전념해. 네가 정신을 차려야지 동생들도 본을 보고 잘 할 것 아니냐."

그런 몇마디뿐 아무런 말을 하시지 않았다.

혼란했던 머리를 정리하기 위해 비틀즈의 '예스터데이'를 듣고 있는데 엄마가 나를 불렀다.

"경희야, 밥 먹어라."

온 식구들이 저녁을 먹으며 이야기를 하고 있을때 나는 조용히 먹고 나의 방으로 들어와 시작노트를 꺼냈다. 실 없이 시작노트에 낙서만 했다.

우리 나라에 출판의 자유는 없지만 진정한 순수 문학을 하기 위해서는 지금부터라도 한줄한줄 쓰며 그날을 만들기 위해 노력을 해야 겠다는 생각과 남의 글을 많이 읽어 나만의 상상력으로 생명력이 있는 그런 진실된 글을 쓸 수 있을 것이라는 생각으로 열심히 책 읽기에 바빴다.

길을 잃은 사람은 더 빨리 뛴다. 빨리 뛰면 뛸수록 방향을 찾기는 어렵게 되지만 그래도 뛰고 있어야만 길을 잃었다는 불안을 잊을 수 있을 것 같아서 걸음을 멈출 수 없는 것이리라.

어쩌면 오늘의 현대인들은 무한한 시공에서 모두 길을 찾아 헤매는 미아인지도 모른다. 가슴에 품은 꿈은 예기치 못한 암초에 부딪쳐 파손되거나 척박한 현실에 급급하여 빛을 잃은 경우도 있을지 모른다. 그러나 다시 그 자리에 서서 찬찬히 돌아보면 분명 우리가 출발한 그 자리에 우리가 세웠던 청운의 뜻은 섬광처럼 빛나고 있을 것이다.

청운지, 훌륭한 사람이 되고자 하는 마음이란 뜻이다.

무릇 역사에 빛나는 위인전 속에는 남다른 입지를 간직하고 꿋꿋하게 자기 길을 간 사람들의 행적을 찾을 수 있다. 높은 이상을 품고 시련과 싸워 이기면서 인내를 가지고 노력한 사람들에게서 고원심대한 입지를 발견하게 되는 것이다. 지금 무작정 허둥대며 뛰고 있지는 않은지. 목적도 방향 감각도 없이 앞으로 앞으로만 나아가고 있지는 않은지. 잠깐 멈추어 서서 세운 뜻을 되새겨 본다.

달 밝은 가을 밤. 검은 비로드처럼 어르슴한 하늘에서 탁탁 터지는 불꽃놀이를 바라보면 가슴이 싸아하니 아려오면서 목이 아파온다.

폭죽 짧은 순간의 그 현란한 아름다움. 그것은 단 삼십초 정도 찬란한 빛으로 황홀의 극치를 이루면서 살다가 까무룩 죽음처럼 사라진다.

우리의 삶도 어쩌면 무한한 우주공간에서 잠시 빛났다가 사라지는 한 줄기의 폭죽이 아닐까. 영겁의 시공 속에서 한 순간 빛을 펼치는 폭죽은 짧은 생애이지만 정열껏 살기에 아름다운지 모른다. 나의 삶도 그 것처럼 정열껏 살고 싶다.

실존주의 철학에서 말하는 죽음의 속성 다섯가지에 보면 반드시, 누구에게나, 예측 할 수 없으며, 무엇인지 모르며, 나에게만 오는 절대 고독에 대한 것을 공부하다가 탁탁 소리에 놀라 창문을 여니 밤 하늘을 수 놓은 폭죽의 향연이 한창이었다. 아아 그것은 정열과 죽음의 교차였다.

삶의 단 일회성. 연습게임 없는 나의 삶에 어느 순간 죽음이 갑자기 찾아오더라도 후회하지 않을 만큼 폭죽처럼 그렇게 살고 싶다. 그냥 사라지는 것이 아니라 뜻있는 불꽃이고 싶다.

비행기장이 가까운 저쪽에서 불꽃 놀이는 절정을 이루고 사라졌다.

6

은행나무에 단풍이 지다

10.26 사태

산에는 울긋불긋 단풍이 들어 가을 옷을 곱게 입은 계절이 되었다.

어디에서 부는 바람인지 싸늘한 온도가 피부에 닿아 덥지도 춥지도 않은 이 계절이 왜 이리 시리운지…….

집안 작은 아버지가 5급 사무관 시험에 합격하여 도청에 근무 할 때 일이다. 10.26 사태가 일어나던 밤. 도청 직원 일부에서는 회식이 있었다. 나의 작은 아버지는 도청에 취직을 하려면 미리 졸업하기 전에 인사과 과장님과 계장 님께 인사를 해두라고 나를 회식장소에 불렀다.

그날 밤 도청 직원과 회식하는 자리에서 박정희 대통령이 높은 정치인들의 압력에 의해 총을 맞을 지도 모른다는 말이 있었다.

그 말이 예언이라도 했던 것처럼 10월 27일 아침 뉴스에 박정희 대통령이 서거 하셨다는 애도의 음악이 흘렀 나왔다. 김재규 안기부 중앙정보부장이 박정희 대통령을 총으로 쏘아 죽인 장면을 나는 보지 않았다.

김재규는 박정희 대통령의 고향선배이고 각별히 모신 사람이다. 박정희 대통령을 만나고 모시고 다닐 때에는 입냄새도 풍길까봐 청결에 유의를 하고 다닐 만큼 특별히 모신 사람이다.

그런데 왜 죽였을까?

나는 정보부장 김재규가 박정희 대통령을 저격한 글을 쓰려고 남편과 같이 10.26사태를 영화화한 '그때 그 사람들' 을 감상했다.

내가 이런 글을 쓰면 그들의 자식들은 어떻게 생각할런지 모르겠지만 여기에서 진실을 쓰려고 한다.

박정희가 잘했냐 잘못했냐, 김재규가 잘했냐 잘못했냐, 명예훼손이 간다는 이유로 작가들의 창작의 자유를 막은 사람들이다.

'그때 그 사람들' 영화에서는 나오지 않았지만 10.26사태 그전에 부마사태(민중항쟁)가 있었다.

'민주주의가 아니면 죽음을 달라' 고 외치면서 데모하며 아스팔트 길 위에 누워 있는 학생들에게 정부는 약 이백 개 가량의 탱크를 몰고 와서 탱크에 깔려 죽여버린 사건이다.

이른바 부산, 마산 사태이다. 이 사건은 그때 그 당시 완전히 언론에 나오지 않고 은폐해 버린 큰 사건이었다. 이 일이 있는 뒤부터 김재규는 박정희가 이 땅에 있으면 안 될 사람으로 생각했을 것이다.

삽교천 방조제 준공식에 참석하고 헬리곱터로 경상도를 둘러보고 돌아온 그날 1979년 10월 26일 밤 궁정동 안가에서 회식이 있었다.

중앙정보부장 김재규, 청와대대통령 경호실장 차지철, 박정희 대통령, 대통령 비서실장 김계원 등등. 김재규와 차지철은 서로 사이가 좋지 않은 사람들이었다. 그 회식 장소에는 가수 심수봉 그리고 여대생 모델 신재순도 있었다. 가수 심수봉은 기타 치며 '그때 그 사람' 노래를 부른 가수로 잘 알려진 사람이다.

비가 오면 생각 나는 그 사람.
언제나 말이 없는 그 사람.
사랑의 괴로움을 몰래 감추고 떠난 사람 못 잊어서 울던 그 사람.

이런 노래가 유행하던 시절이다.

그 노래를 마지막으로 듣고 박정희는 이 세상을 떠났다.

김재규의 손으로 저 세상으로 보내어진 사건이다. 말하자면 박정희 대통령이 죽은 것은 십팔년 독재정권이 장기적으로 너무 길게 대통령직에 있어서 죽은 것이다.

박정희는 물러날 때를 놓친 것이다.

박정희가 죽은 것은 우리 나라 땅의 민주주의가 약 십 년가량 앞당겨지는 결과를 가져오게 된 것이다.

박정희 대통령 자식들이 명예훼손이라고 하면 나는 아직도 언론 출판의 자유를 막느냐고 단호하게 말할 것이다.

우리 나라는 민주주의 국가로서 창작의 자유가 있다. 엄연한 사실이며 현실이다.

저격 후 박정희 대통령 장례식은 칠일장인지 구일장인지 생각은 나지 않지만 11월초에 거행한 것으로 기억이 된다.

육영수 여사님이 총에 맞고 아버지 즉 박정희 대통령이 총에 맞았고 그의 자식들은 결혼도 못하고 방황도 했지만 현재 아들은 결혼했다고 언론에 보도되어 나왔다. 나는 그 아들이 행복하게 잘 살기를 바라는 마음이다.

그때의 가을은 유난히 깊어만 갔다. 죽은 사람들은 죽고 산 사람들은 살아가야만 했다.

우리 나라는 눈부신 경제 성장을 거듭하였다.

박정희 대통령이 서거한 지 이십 육년이 지났다. 정치하는 사람이 모두 개판 오분전이고 오히려 박정희 대통령 정권때가 더 살기 편했다는 말을 많이 하는 사람들도 있고 지금은 힘들어서 못살겠다며 아우성 치는 사람들이 너무 많다.

유난히 시끄러웠던 시월 그 역사 속의 기억이 남아 이렇게 써 가노라.

사람은 왜 죽어야 할까? 사람은 어디에서 어디로 가는가?

나는 무엇을 하며 살아야 하나?

물음에서 다시 물음으로 날 밤 샌 적이 한 두번이 아니다.

우리 나라는 어떻게 되어 어떻게 흘러갈까?

젊은 스무살 그 시절 마음이 아파온다. 무엇으로 하여금 정열적으로 공부를 하게 만들었을까?

학교에서는 국문과 강의 듣기에 열중하였다.

푸른 하늘 위로 흰 구름이 퍼지기 시작하고 있었다. 소나기가 한 차례 휩쓸고 간 도로 위에는 빗물이 홍건히 고여 있었고 홍건한 빗물 위로 쏟아지기 시작한 햇살을 무심히 바라보며 앉아 있었다.

단풍이 들어 떨어지기 전 동네 초등학교 친구 선후배들이 정읍 내장산에 단풍을 보러 가자고 했다.

회비를 거둬 고속 버스를 타고 내장사 입구에 내려 걸어올라 갔다. 답답하고 머리가 터질 듯이 아픈 것이 다소 나아졌다.

낙엽이 한 잎 두 잎 떨어진 잎새를 모아 자리에 앉았다. 게임하고 놀다가 박정희 대통령이 화제 거리가 되었다.

'김대중 씨를 죽이려고 하다가 자기가 먼저 죽었다. 잘되었다' 박정희 대통령을 싫어한 사람들이 많았다. 일요일 하루 아침에 나와 점심을 김밥으로 먹고 시간 맞추어 정상에는 올라가지 않았지만 떨어진 가랑잎으로 놀다가 집으로 돌아왔다.

집에 돌아오니 할아버지가 술에 취해 시조를 읊으시고 계셨다. 많이 들어본 시조이다. 할아버지는 무슨 생각을 하시는지 말씀을 줄였다.

아버지는 갑자기 나에게 밖에 나가서 데모하지 말하고 하시며 데모하다 목숨 잃은 사람이 많으니 몸조심 해라 하며 나에게 신신당부를 하고 일렀다. 밤은 을시년 스런 날씨를 뒤로하고 찾아왔다.

나는 계속 책 읽기에 바빠 있었다. 모두 다 잠든 조용한 밤, 글을 쓰기 시작했다. 그러나 곧 머리가 아파왔다. 아픈 머리를 안고 밤새 책과 씨름하였다. 젊었을 때의 고생은 사서라도 한다는데 국문과는 가지 않았지만 작가는 되어볼까 하는 꿈을 다시 마음에 되새겼다.

태양은 찬란히 밝아와 아침이 되었고 나는 학교 갈 준비로 책가방을 들고 버스 정류장에서 버스를 기다렸다. 버스를 기다리는 도중 학생들이 모여 웅성웅성 수근거리고 있었다. 또 박정희 사건이다. 최규하가 대통령(권한대행)이 되었는데 얼마가지 못할 것이라고 다들 예측하고 있었다.

사람들이 박정희 사건을 수군거리고 있을때 학교 나뭇가지에는 단풍이 들었다. 한 잎 두 잎 떨어진 이파리…… 저렇게 떨어지는 잎새처럼 박정희는 가 버렸다.

떨어진 낙엽을 밟으며 책을 들고 강의실로 향했다.

나는 무엇을 꿈꾸는가. 나의 미래는 어떻게 밝아지는 것일까? 밝은 미래를 위해 무단히 노력을 해야 할 것이다.

지금의 젊음이 아름답다. 젊기 때문에 꿈꾸지 아니한가?

낙엽

낙엽이 우수수 떨어지는 계절이 왔다. 차가운 입김을 호호 불며 찬 서리에 하얗게 내린 이슬방울이 망울망울 잎새에 맺혀 있었다.

가을걷이가 끝난 텅빈 들녘에 바람이 배회를 하며 돌아다닌다. 아직 들판에 남아 있는 허수아비의 찢겨진 옷들하며 깡통이 바람에 소리를 내며 고요한 정적 뒤에 가끔 들리곤 한다. 아이들이 놀이하기에 좋은 만큼 볏짚단이 쌓여져 숨바꼭질을 하기도 하며 재미있게 노는 아이들도 많이 있었다. 농부들의 마당과 곡간에 쌓여진 알곡들은 한해의 보람으로 다가온다. 보온병에 뜨거운 커피를 타 가지고 낙엽을 밟으러 추억을 새기기 위하여 떠난다.

가까운 무등산에 오른다. 산은 단풍의 곱던 색깔이 적갈색이 되어 우수수 떨어지며 한해의 아쉬움을 표현한다. 무등산 기슭의 벤치에 앉아 오고 가는 사람들과 다정한 인사를 나눈다. 다람쥐들이 가만가만 나무에 올라 열매를 따먹는다. 참새 떼들 비둘기 떼가 멀리 날아서 나래를 편다. 따끈한 커피를 따라 향기를 맡는다. 너무나 멋있는 만추이다.

시몬 낙엽 밟는 소리가 들리는가?

가랑잎들이 떨어져 가만가만 밟는 소리가 바스락 바스락 꼭 무엇인가를 말하는 것 같다. 가져온 시집 한 권을 들고 낭송해 보기도 한다. 급격한 변화를 가져오기 위해 시간은 가만가만 사라진다. 이제 올해가 가면 나는 성인이 된다. 만 십구세 대학 일년생.

민주주의란 무엇인가? 교양과목을 수업 받는 동시에 내가 내 자유를 찾기 위해 독재와 싸워야 한다.

조용히 커피의 쓴맛을 음미해 본다. 감나무 이파리가 떨어지고 빨갛게 익은 감이 햇볕에 반사되어 반짝반짝 빛이 난다.

얼마만큼의 시간을 인내하여야 하며, 얼마만큼 우리가 전진하여야 열매를 딸 수 있을까. 모르는 일이다 아직 시작도 안 했으니 우물가에서 숭늉 찾는 기분이다. 무엇을 하며 살아야 할까?

나 자신에게 다시 묻는다. 세상이 어떻게 돌아가는지 좀더 두고 볼일이다. 졸업하고 공무원, 선생님……. 무엇을 선택할 것인가도 좀더 가보아야 알 것 같다.

왔던 길을 되돌아서 천천히 걸었다. 늦가을의 싸늘한 바람이 불어 가을 냄새가 물씬 풍긴다. 갈대밭에 서서 포즈도 취해 본다. 이리 저리 흔들리며 무엇을 생각할까? 사람은 생각하는 갈대이다.

갈대를 꺾어 손에 들고 가을 향기를 맡는다. 너무나 멋있는 나만의 가을이 고독으로 다가온다. 가을을 만끽하기 위해서 많은 사람들이 산에 오르내린다. 이 가을에 시어를 읊고 갈대에게 이야기한다. 사람들에 묻혀 무등산장에서 버스를 타고 자리에 앉아 먼 산을 다시 한번 음미해 본다.

집으로 곧바로 가는 버스가 없어 도청 앞에서 내렸다. 도청 앞에는 은행나무 두 그루가 서로 바라보며 열매 맺고 서 있다. 이 은행나무들는 암수 한 그루씩 서로 마주 바라보다가 가을이 되면 노랑 열매를 맺어 사람들 손에 의해 떨어져 음식의 재료로 쓰여진다.

도청에서 걸어서 지금은 고속터미널이 광천동에 있지만 그때에는 유동에서 잠시 걸으면 도착했다. 가을이 저무는 이 계절에 집에 들어가기 싫어 집에 전화를 하고 고속터미널까지 걸었다. 서울에 있는 고궁에 가보고 싶었기 때문이다. 그래서 금호고속에 몸을 실었다. 금요일 오후 저녁이 될 무렵 서울행 고속버스 안에서 나는 노을을 보았다. 밤 열 한시 고모 집에 도착했다.

나는 자기 전에 오늘 보았던 노을을 생각하며 시어를 찾고 있었다. 머리 속에 단어들이 맴돌다 가버린다. 얼만큼 갈고 닦아야 할까?

토요일 아침 일찍 일어났다. 모처럼 서울에 있는 미장원에서 머리를 잘랐다. 그리고 점심을 먹기 전에 고궁에 가기 위해 버스를 탔다. 어디가 어디인지 모르지만 서울지리를 익히기 위해서 사람들에게 묻고 약도를 보며 고궁을 찾아 갔다.

가을날 경회루는 아름다운 여인이다. 그리고 그 잔잔한 호수 위의 수면은 아름다운 여인의 내면이다. 꼭꼭 숨겨진 안타까운 비원을 간직한 채 하늘과 얼굴을 맞대고 선 가을은 아름다운 여인이며 그래서 가을 고궁은 나의 자화상이다.

경회루. 퇴색한 단청에 태조 음성이 서렸다. 이조 창업의 위엄과 호기가 서린 지금도 만조백관이 허리 굽히며 조회를 하러 입시할 것 같은 그리고 근정전 그 핏빛 단심이 서린 고궁.

온갖 음모와 계략, 모함이 숨어 있는 듯한 궁전의 누각들 이끼낀 경회루 석기둥 뒤에서 연산군이 호탕하게 웃는다.

연산군이 권하는 한 잔의 술을 아름다운 가을 여인은 알 것 같다. 채홍과 채경을 이끌고 술래잡기를 하며 쓰디쓴 웃음을 날렸던 일세 탕아의 사치한 고독을 나는 알 것 같다. 세종대왕의 온정과 광해군의 난폭한 성격을 조금은 알 것 같다. 그리고 대원군과 민비의 갈등을 다시금 느낀다.

저 빈 누각과 이끼낀 기와, 이조 오백년 한이 굽이굽이 흘러 이제 침묵의 심연 속에서 성숙한 예술이여…….

아름다운 여인은 비로소 살아온 뒤안길을 역사의 흐름 속에 비춰본다.

그것은 한국 여인의 숙명. 섬세한 손길을 흔들며 하롱하롱 흩날리는 단풍 속에서 문득 세월은 슬로우 비디오를 넘긴다.

저리도 맑고 투명한 가을 햇살처럼 눈동자가 지순하던 시절, 지금은 비비고 또 비벼도 침침해지는 안구로 떠오른 생각 속으로 옛 과거의 무안한 시간여행을 한다.

아름다운 여인은 가을을 껴안는다.

사랑해야 할 긴 여로. 초추의 양광이 떨어진 돌담에 한 가닥의 섭리를 집어든다.

가을 고궁은 아프고 또 아프지만 너무도 아름다운 여인이다. 그리고 가능성과 숙명을 조화시켜 가늠할 수 있는 여인이다. 나는 정의할 수 있을 것 같다. 가을의 의미를, 진정으로 아름다운 여인이 갖는 가을 고궁이 이다지도 아름다운 이유를.

그것은 멈칫거리는 방황의 종지부이며 역사의 완성을 위하여 떠나는 긴 여행인 것을…… 나는 지금 아름다운 가을이다.

잠시 눈을 감고 생각하다가 문득 현실이다.

나는 아름다운 고궁을 뒤로 한 채 다시 친척집에 들러 인사 한 뒤 피곤한 몸을 이끌고 서울 강남 고속터미널에 왔다. 엄마가 걱정할 것 같아 밤차를 탔다.

제일 고등학교 입구에 있는 버스정류장에서 버스를 기다렸다. 막차를 타고 집으로 갔다.

밤하늘에는 별이 반짝거렸다. 이별은 누구의 별이며 저 별은 누구의 별일까. 별빛 사이로 은하수가 흐른다. 미리내, 견우와 직녀 별도 찾아본다. 북극성 북두칠성 국자 모양으로 일곱 개의 별이 빛을 내며 지구를 향해 반짝반짝 빛나고 있다.

이 밤이 다가도록 잊을 수 없는 고궁의 뜨락.

첫눈

앙상한 가지에 마지막 잎새하나가 남아서 첫눈을 기다리고 있었다. 짧았던 가을은 어디론지 가버리고 찬바람이 불어와 옷차림은 겨울옷으로 바뀌었다.

아침에 찬서리가 내려 있었다. 간밤에 많이 추웠나보다. 문득 첫눈이 내리면 교회에 나가고 싶다는 생각이 들었다. 만나자고 약속한 사람도 없는데 마음이 풍선처럼 들떠 있었다. 어제까지만 해도 가버린 가을이 아쉬웠는데…… 흰눈이 내리는 아름다운 날이 기다려 졌다.

바바리를 벗고 검은색 긴 오바를 입고 한손은 주머니에 깊숙히 넣고 한손에는 책을 들고 거리를 거닌다.

거리에 떨어졌던 낙엽은 미화원 아저씨들에 의해 말끔이 치워지고 나무들은 겨울 옷을 입는다.

찬바람이 불어 가지만 앙상히 남아 이리 흔들리고 저리 흔들린다. 생리적인 현상에 의해 지금은 짙은 고동색깔에 흰눈이 꽃피울 겨울 얘기를 기다린다.

도청 앞 '베에토벤'은 클래식 음악이 흘러 나오는 커피숍이다. 은은하고 아담한 분위기에 거리가 내려다 보이는 자리에 앉았다. 커피 한 잔 시켜놓고 음악을 감상하며 시내로 들어가는 사람들의 표정을 구경하고 있었다.

한해가 다가려면 한달이 남았다. 올 한해에는 무슨 해였는가 다시 생각하는 기회를 갖는다. 그리고 미래를 꿈꾼다.

나의 꿈은 시, 수필, 소설을 쓸 수 있는 유명한 작가가 되는 것이다.

이런 유명한 작가가 되려면 어떻게 목표를 세워야 할까 생각하며 커피 한 잔을 마신다.

커피잔에 아련히 피어나는 입김처럼 아련히 첫사랑의 그리움이 맺힌다. 마음속에서 지울수 없는 추억을 생각하게 한다. 이룰 수 없다. 여자가 생김과 동시에 짝사랑이 되어버린, 그렇지만 좋은 기억으로 남아 작가가 되어 글로 쓰여질 것이다.

첫눈이 내릴때 눈처럼 새하얀 그리고 깨끗하고 정결한 마음으로 정화하기위해 교회에 나가려고 마음먹곤 했었다.

그런데 그때가 되었다. 나는 작은 집에서 삼년동안 학교에 다녔다. 가끔 시내버스가 다녀도 늦게 집에 귀가할 때가 있었다. 작은집 내 방은 이층 조용한 곳에 있어서 밤이면 찬송가가 들리곤 했었다. 언제부터인가 찬송가를 좋아했다. 찬송가를 좋아하게 된 것은 고등학교 때 존경하는 이사장님이 믿는 종교가 기독교로 그 영향을 받아 점점 마음이 교회로 향했다. 나는 이 영향으로 하나님을 직접 만나고 싶었었다.

눈발이 쌓이지 않고 조금씩 흰눈이 내리던 어느날 수요일, 작은 집에서 조금 떨어진 아담한, 성도 이백명 가량 되는 작은 교회에 나가 마음 속에 피어나는 눈꽃송이처럼 사랑도 피어나 열매 맺을 수 있도록 도와 주시라고 나는 기도를 드렸다.

처음에 나는 천주교회를 다녔었다. 그러나 고등학교에서 받은 영향력이 너무 컸기 때문인지 스무살 때부터 기독교를 다니게 되었다. 하나님 말씀이 성령의 불꽃으로 거듭나기 위해 마음속에 호흡하는 영의 기도를 게을리 할 수가 없어서 날마다 성경책을 몇장씩 읽기 시작했었다. 그리고 주일마다 예배모임에 참석할 수 있는 여건이 갖추어지지 않았지만 빼먹지 않고 공동체 모임에 함께하려고 노력을 했다.

처음에는 교회 나가는 것이 낯설지는 않을까 하는 생각을 했지만 그렇지는 않았다. 아무래도 고등학교 때 월요일이면 한시간씩 예배를 보며 하나님 말씀을 들었기 때문은 아니었는지…….

밖에서는 '창밖을 보라 창밖을 보라 흰눈이 내린다' 캐롤송이 울려 퍼진다. 십이월이 된 것이다. 시내는 벌써부터 크리스마스 트리를 만들어 손님을 끄는 가게들이 많이 생겼고 나는 시내에 나가 카드를 사서 고등학교 선생님들과 친구들에게 보냈다. 나에게 너무너무 멋진 한해였다는 생각을 했다.

교회에 앉아 조용히 기도를 드린다. 사회를 위해, 나라를 위해, 나 자신의 미래를 위해, 모두를 위해 두손 모아 더 이상 큰일이 일어나지 않도록 해주시라고…….

우리집은 옛날 집이여서 겨울이 되기 전에 도배를 하고 창호지에 문발을 발라야만 했다. 우리집은 햇살이 곱게 내려 비추는 남향집으로 추위가 찾아오기 전에 김장을 해야만 했다. 그래서 무우도 뽑고, 배추도 뽑아 김장을 했다.

완전히 농사일이 끝나고 쉴 수 있는 겨울이 다가오는 소리가 들린다. 귓가에 바람소리가 맴돌다 어느 곳으로 떠나간다. 광주 시내에서는 연탄을 피우던 집이 많았는데, 시골에서는 볏짚이나 장작을 때는 집이 많았다.

도시가스가 없던 시절 불편했던 지난날 지금은 추억으로 소중하게 간직하고 있다. 연기가 굴뚝으로 모락모락 피어나는 농촌의 그림이다. 그런데 내 가슴에는 한해가 다해가는 아쉬운 감정이 물밀듯이 파고 들었다.

무엇을 해야 내 가슴을 채울 수 있을까. 목사님의 설교 말씀을 듣기 위해 주일 아침 일찍 밥을 먹고 성경책을 들고 나선다. 찬송가를 부르며 하느님의 사랑을 내 가슴에 채울 수 있었다.

나의 동생 현호는 바로 내 밑의 동생이다. 현호는 광주 고등학교 이학년이 되었다. 시내버스가 다니기 때문에 집에서 통학을 하고 있다. 둘째 동생 은 송정중학교 삼학년에 재학중이고 막내 미경이는 초등학교 오학년이 되었다. 사 남매 모두가 학생이기 때문에 돈들어 가는 것이 많았다. 그런데 정부에서 공무원 자녀 학비 보조가 팔십년부터라는 뉴스보도가 나왔다. 중학교, 고등학교 학비 보조와 대학교는 융자를 무이자로 해줄 수 있다는 것이다. 엄마는 잘되었다고 좋아하셨다.

우리가 송정중학교에 다닐때는 송정읍으로 다녔었는데, 지금은 평동초등학교 뒤에 평동 중학교라는 새건물이 세워졌다.

겨울의 문턱을 넘어선 지금, 박정희 대통령이 서거한 뒤 한달 동안은 조용히 지나가고 있었다. 수사를 하는지 우리로서는 알 수 없지만, 잿빛하늘에 흰눈이 내리는 한겨울을 생각하며 캐롤송 테이프를 사서 캐롤송을 듣고 있다.

루돌프 사슴코, 내 마음에 강 같은 평화 등등 앞 뒤 스물네곡 모두 신나고 재미있는, 마음을 들뜨게 하는 노래였다.

사람에게는 누구나 죄가 있다고 한다.

태어나기 전부터 가지고 있는 원죄, 태어나서부터 지은 본죄.

흰눈처럼 마음이 깨끗해지기 위해 기도와 설교말씀을 잘 듣고 받아들여 세속에 물들지 않기를 바라면서 교회에 다니기 시작했다.

나는 지금, 하나님이 나를 사랑하고, 교회로 인도해 주신 깊은 뜻을 마음속 깊이 새기면서 작가로 거듭날 수 있도록 해주시라고 소원을 빌고 있다.

7

은행나무에 단풍이 지다

12.12사태

박정희 대통령 시해 사건을 수사한 것을 가지고 처음으로 국민들 앞에 나타난 전두환은 분위기는 웃음이 없고, 냉소한 표정이 단호하고 살벌한 느낌이였다.

유신의 아들 전두환은 알려지지 않은 군에서의 실력자였다. 박정희가 죽은 후 하루가 안되어서 모든 실권을 장악하고 정치에 대한 야망으로 불타 '하나회' 라는 이름으로 모이는 세력들로 점점 넓혀가고 있었다.

12.12사태는 11일에 장군 승진 시험이 있었고, 13일에는 개각, 인사발령이 있을 예정이였는데 개각이 이루어지기 전 12일에 전두환, 노태우 등등 그들의 일당들이 군을 동원해서 정승화 육군 참모총장을 강제로 잡아 가두는 이른바 직속 상관을 해치는 하극상적 쿠데타가 일어난 날이다.

먼저 별을 단 장군을 축하하는 의미에서 비밀요정에서 정승화 육군 참모총장을 따르는 장교들을 모이게 하고 일을 꾸미는데 정말 세밀하게 구상하고 긴밀히 실행에 옮겼다.

정승화는 박정희 대통령이 죽은 궁정동 안가에 있었다. 김재규가 뿌리는 적은 돈을 받았다는 비리 등등, 별도로 연행해 조사 받을 이유가 없는데도 최규하 대통령 권한대행 재가를 받기 전 납치를 해서 감금을 했다.

김재규는 자기가 정권을 잡기 위해 박정희 대통령을 시해한 것은 아니다. 그리고 박정희 대통령을 죽이면 미국이 자기를 보호해 줄 것이라고 믿고 있었다. 그러나 미국은 전두환과 손을 잡았다. 그때부터 비극은 시작되었다.

국방부 장관은 자기 가족 챙기기 위해 잠적해 버리고, 권력을 마음대로 휘두르는 보안 사령관 전두환, 그는 역사 앞에 씻을 수 없는 만행을 저질렀다.

국방부 육군본부를 장악한 그는 국방부 장관을 잡아와 먼저 싸인을 받고, 최규하 권한 대행의 재가를 받아 보안사령부 식당에서 샴페인을 터트리며 서로의 건승을 축하했다. 그리고 기념사진을 찍은 그들의 세력은 무서울게 없었다. 그들이 많은 큰 덕을 본 사람이 몇명이며, 원한을 사는 무서운 적 또한 얼마인지…….

노태우 장군은 미국의 허가 없이 전방의 군인들을 동원했다는 이유로 제2인자인 독재자가 되었다.

미국은 한반도에서 군의 질서를 잡고 충성심을 이끌어내는 전두환을 길들여 많은 이익을 볼 수 있는 도구로 사용했다.

12일밤 몇 명의 유혈사태가 있은 후 13일 아침을 맞은 전두환은 모든 것을 얻은 것처럼 기세가 당당하고, 하루아침에 정상에 오를 수 있는 기틀을 마련했다.

군의 실정을 모르는 최규하는 대통령직에 있어도 있으나 마나하는 허수아비와 같은 사람이 되었다.

일부 군에서 정승화를 따르는 사람들중 몇 명이 다시 쿠데타를 일으키려는 것을 무마시키려는 미군 세력이 전두환에게 유리하게 돌아간다는 사실이 정권을 잡기 위해 기회가 왔다고 생각하게 된다.

유신 이후 다시 군이 개입하는 것을 반대하는 국민들을 속이고 군이 필요하다는 환경을 만들어 가기 위해 시나리오를 짜나가기 시작했다.

비밀 요정에서 술좌석을 자주 갖는 그들은 하나하나 추진하기 위해서 별 두 개를 세 개로 승진시키기 위한 계획도 세운다. 국민에 의해 대통령이 되어야 할 것을 본인이 하고 싶은 마음에 총과 칼로 정권을 잡은 독재가 1980년대를 검은색으로 만들었고, 우울한 시대로 나의 꽃다운 젊은 시절의 잊지 못할 악몽으로 기억되었다.

한편 야권에서는 김영삼과 김대중 씨의 정치적인 대립이 표면적으로 나타났고, 서로 후보자가 되기 위한 연설을 적은 숫자가 모인 곳으로부터 시작하였다. 전두환은 세 김씨를 분열 시키기 위해 일을 꾸미고 정권을 장악하기 위해 이용을 했다.

전두환은 세 김 씨들이 서로 다투고 싸워 지쳐나갈 때까지 기다렸다가 제거하려는 마음으로 자신은 정치할 마음이 없다는 말로 위장을 하고 언론을 장악하기 위해 애썼다. 그리고 최규하는 정치의 욕심이 생기도록 유도하고 시간을 벌어 정상에 오르려는 온갖 권모술수를 써가기 시작했다.

최규하는 김재규가 박정희 대통령을 죽였다는 것을 알고도 체포 명령을 내리지 않았다는 약점을 잡아 때가 되면 대통령직을 하야하라고 종용할 것이라는 계획을 세우고 모든 것을 실천에 옮겨 정권을 잡아 대통령이 되기 전까지 철저히 국민들을 속였다.

나라를 지키는 군인이 나라만 지키면 될 것을 정치에 관여를 해서 사리사욕을 챙기기 위한 야망으로 불타오르고 있었다.

부산 마산 사태를 상기시키고 데모하면 강하게 나가 제2의 살인극을 연출하려는 마음도 갖고 있었다. 다른 나라에서는 독재자가 300만의 탱크를 몰고 죽였다는 것을 입에 올리며 백만 이백만은 문제없다며 자꾸 되새겼다.

중장에 진급한 전두환은 보안사령관과 중앙정보부장을 겸임하기 위해 최규하 대통령과 국무총리를 협박 공갈을 하고 온갖 술수를 써서 민간인 출신이 중앙정보부장이 되어야 한다는 건의를 무시하고 군의 간결된 질서를 위해 자기가 해야 한다고 하며 결국은 겸임을 하게 된다.

기자 회견에서는 정치에는 관심이 없다는 두 개의 얼굴을 하고, 왕을 만들기 위한 계획들로 자기 세력을 굳혀 갔다.

한편 군에서는 학생들이 개학을 하면 데모를 할 것이다는 판단하에 군이 이때 나서서 정권을 잡기 위해선 좋은 기회다 싶어 탱크로 몰고가서 쓸어 버릴 훈련 즉, 자기들 말로는 충정훈련이라고 칭하고 있다. 그러한 준비를 다하고 학생들 개학하기를 기다리고 있었다. 국민들이 낸 세금으로 먹고 살면서 국민들을 속이고 죽이기 위한 계획, 머리가 아파온다.

군이 통치하는 군정시대가 다시오면 안된다는 모든 국민들의 민주화 염원을 저버리고 역사의 운명은 한발 한발 다가오고 있었다.

그해 겨울은 길게만 느껴졌다.

스산한 바람은 나뭇가지에 거침없이 불어왔지만 시골은 농한기를 맞이해서 한가하고 평온했다.

세상과는 다른 생각을 하며 먹고 살기 위해선 열심히 일하고 아이들 가르치기 위해서 도시로 보낸다. 그러한 생계를 이어가기 위해 일상이 바쁘게 돌아갈 뿐 욕심없이 하루하루를 한점 부끄럼 없이 살아간다.

집에서는 식구들의 관심 속에 시국이 어떻게 돌아가고 있는지 모르지만 아버지는 청소년시절 4.19의거 5.16을 상기하고 우리들에게 몸조심하고 언행에 각별히 조심하라며 타이르시고 다치는 사람이 있으면 우리 가족의 불행이라고 말씀하셨다.

"인생은 누가 살아 주는게 아니다. 자기가 조심하고 인생은 자기가 멋있게 개척해서 사는 것이다. 아직 어린 나이에 꺾여져 부러지면 안된다."

아버지는 집안의 안식을 위해서 아침, 저녁 식사 때면 꼭 이 말씀을 하셨다. 이러한 가족의 보살핌 속에 스무살 대학 일학년 한해가 저물어 갔다.

우울증

스무살 밤은 불면증으로 까만 밤을 하얗게 지새우는 날이 많았다. 깊은 슬픔 뒤에 찾아온 신경성 병으로 불리우는 정신적인 충격에서 오는 불면증. 내가 대학을 가기 위해서는 두 갈래 길이 있었다. 공무원으로 평생 봉사하면서 살기 위해 법대를 갔다. 가다 보니 다른 길이 미련에 남아 다시 다른 길로 돌아 가려고 하니 많은 무리가 따랐다.

깊어가는 겨울 밤. 푸른 달빛 낭낭한 목소리로 시어를 읊는 밤 주전자의 물이 푹푹 소리내며 뚜껑을 주먹질 한다.

가득 수증기가 차면서 운무 같은 애상이 유리창에 어린다. 모두다 잠든 적막한 밤. 마치 배조차 떠내려간 유배된 섬에서의 완전한 고립과 결 고운 고요한 스푼의 쟈스민 차를 사기 주전자 속에 넣고 팔팔 뛰는 물을 조심스레 생포하여 붓는다. 이내 쟈스민 향이 방안에 가득 차면서 더 할 수 없는 운치가 팬 플루우트의 낮은 선율 속에 젖어든다.

팬 플루우트는 마치 연통에 긴 검은 비로드 같은 탄소의 찌꺼기를 헤집고 가슴 저 밑바닥부터 저려오는 듯한 슬프고 아름다운 악기다. 그러다가 이 불꽃이 너울거리며 춤추듯 흘려내는 경쾌하고 빠른 나비들의 군무…….

나는 차 한 잔을 따르고 살포시 눈을 감는다.

마치 엄숙하고 경건한 제전처럼 어쩌면 승천하는 월명사의 누이가 여기에 있는 듯, 쟈스민 향은 가는 연기로 피다가 사멸된다.

겨울 방학이 되면서 잠이 줄었다.

귀를 땅에 대면 꿀맛 같이 빨려들던 잠이 나를 놓아 주면서 거의 석달째 불면으로 하얗게 지등을 밝힌다. 덕분에 남들 다 자는 깊은 밤에 차도 마시면서 홀로 넉넉한 시간을 즐겨본다. 아무에게도 방해를 받지 않는 온전히 나만의 시간, 관형사가 붙지 않는 나만의 시간을 먼 곳의 집집마다 불빛들이 하나 둘 사멸되어 가는 시간의 그림자를 지켜가면서 어쩌면 어느 날인가 내 목숨도 저렇게 까무룩 꺼질지도 모른다는 생각이 든다.

그러면서 저 쟈스민 향기처럼 그윽하다가 홀연히 떠날 수 있도록 아무것도 갖지 않는 연습을 하고 싶다. 쟈스민 차 한잔을 또 따른다.

그저 인생이란 누리는 것이 아니라 견디는 것. 갖는 것이 아니라 주는 것. 모든 것을 버림으로써 자유롭게 얻을 수 있다는 것을 비로소 깨달았다.

쟈스민 향 그윽한 좁은 방에서 묵은 책이 뿜어내는 세월을 사유하며 한 모금 마셔본다. 목을 타는 향기로운 뜨거움.

나는 언제쯤 이토록 향기로운 여자로 변신할 수 있을까?

없으면서도 있고, 있으면서도 없는 그러나 향기로만 남을 수 있는 여인으로 변하고 싶다. 정녕 쟈스민 향기로 남는 여인이고 싶다.

다리는 생명의 상징이다.

실존의 착실한 기둥이며 목숨의 꽃이다. 다리를 가졌다는 것은 확실한 행복이며, 그중에도 건강한 다리를 가졌다는 것은 축복이다.

신이 인간에게 부여한 은성한 축복 중에서 가장 큰 은혜를 꼽으라면 우선 두 다리를 주신 점이라고 하고 싶다. 자유롭게 걷고 달리고 뛰어 넘을 수 있는 두 다리의 존재야 말로 인간이 무릇 존재 발전 번영할 수 있는 만

유영장으로서의 도구가 아닐까.

나는 나그네처럼 건강한 두 다리로 떠돌아 다닌다.

오늘은 이곳, 내일은 저곳, 주머니에 손을 깊숙히 넣고 생각에 잠겨 무엇인가 얻으려고, 느끼면 느낀대로 촉각을 곧세우고 자유롭게 우울증에서 벗어나기 위해 여행을 한다.

1979년도가 지나고 암울한 시기가 길게 뻗어가는 1980년도 새해가 되었다. 그런데 나의 병은 차도가 없었다. 차가운 바람이 부는 겨울 밤. 잠못이루는 고통은 말없이 커다랗게 눈덩이처럼 커갔다. 피곤이 쌓이고 쌓여서 결국 쓰러지고 말았다. 잠을 자기 위해 신경정신과 치료를 받게 되었다. 무엇이 그토록 잠을 이룰 수없도록 만들었을까?

역사의 수레바퀴 속에서 희생될 생명들, 그들의 생명들을 구할 수 없는 자신의 무력감. 머리 속에서는 부마 사태가 맴돌았다. 보름 동안 조용하고 한적한 곳에서 요양하고 깊은 잠에 빠져서 병을 치료했다.

신경안정제를 먹고 힘이 빠지면서 잠이 곤하게 왔다. 잠은 하나님의 선물이고, 축복이다.

겨울은 다가올 비극을 알려주는 것처럼 춥고 배가 고팠다.

무엇을 위해 살아가야 하나?

무엇을 위해 어두운 세상을 헤쳐 광명의 빛으로 화해야 하나?

물음에 물음으로 꼬리를 물고 자꾸 머리가 복잡하고 생각이 많아져 잠이 달아나는 이유를 나는 알고 있다.

처음에는 머리가 터질 듯이 아프면서 뒤따라 불면증으로 잠못이루는 것은 작가가 되기 위한 관문이었다. 나는 이 모든 것을 감뇌하고 인내하면서 작가로 거듭날 수 있도록 하느님께 기도하면서 먼저 하늘 나라의 의를 구했다. 두드려라 그리하면 문이 열릴 것이니 문이 열리고 길이 환하게 보일 것이니 이 고통을 참고 밝은 내일이 올 때까지 기도와 찬송을 게을리 할 수가 없었다.

정초부터 집을 떠나 있었는데 몇일있다 집에 돌아가니 피곤이 풀려 한층 기분이 좋아졌다. 집이 아늑하고 정신적으로 안정이 찾아왔다.

눈발이 내린다. 눈이 쌓이지 않고 내리자 이내 곧 녹아버린다. 마당 한가운데는 벼의 낟가리가 쌓여져 자리를 하고, 평화로운 겨울 날씨 함박눈이 내리는 날, 엄마와 할머니, 할아버지, 동생들 한자리에 모여 찐 고구마를 먹는다. 동치미 국물 김장김치 쭈욱 찢어서 고구마와 함께 먹는 그 맛, 배고픈 허기를 채운다.

할아버지는 옛날 얘기를 들려 주신다. 조선시대 말기 일제 36년 그 시대의 시절 이야기는 재미있었지만 슬픈이야기였다. 그리고 6.25 전쟁이야기도 종종 하신다.

할아버지 머리에는 하얀 눈처럼 흰머리가 새하얗다. 가끔 검은 머리도 섞여있지만 흰머리가 더 많이 있다. 아버지도 사십이 되면서 머리가 반백이었는데…… 아버지는 부작용으로 염색을 하지 못하신다. 염색을 한 날은 두드러기가 나고 가려워서 참을 수가 없어 더이상 염색은 하지 않고 은발이다. 나는 아버지의 흰머리가 속으로는 안스럽지만 이국적이면서 예술가 같이 보인다고 하며 아버지를 위로 한다. 우리는 자꾸 커서 대학생 고등학생이 되지만 아버지는 그만큼 더 세월의 무게만큼 중년의 멋을 간직하시며 살아가신다.

눈이 내리는 밤 얼음이 얼어서 그날 밤은 눈이 쌓인다.

불면의 밤을 앓다가 간신히 잠이 들어 아침에 깨어나니 온세상이 새 하얗게 눈으로 덮여 있었다.

사람들의 욕심과 욕망으로 더러워진 마음을 깨끗히 승화하듯 온 세상은 깨끗하게 그리고 아름답게 그렇게 변해 있었다. 지붕 위에도 나뭇가지 위에도 담위에도 눈이 쌓여 눈 꽃송이가 피어나고 이야기 꽃도 피어났다.

하늘 나라 선녀님이 떡가루 꽃가루를 자꾸자꾸 뿌려 세상은 하느님의 축복속에 단꿈에 젖어 우리의 마음속에 다가왔다.

찬란한 예감

가장 춥다는 소한, 대한이 지나고 봄이 온다는 소식을 알리는 입춘이 지났다.

마음을 새롭게 하기 위해서 주변의 모든 것을 정리하기 시작했다. 애매한 잡동사니가 어찌 이리 많은지. 나는 버리고 또 버렸다. 하루종일 분주하게 쓰레기통을 여닫았다. 알밴 비닐 봉지를 꾸역꾸역 채워 우둔한 삶이 뭉텅뭉텅 떨어져 나가는 듯하다.

책에 대한 중뿔이 난지라 읽지도 못하면서 쌓아둔 잡지와 지지한 책들은 과감히 철끈으로 묶어 대문 앞에 내 놓았다. 누군가 필요한 사람이 집어 가도록…….

그야말로 문화혁명이랄까. 이러한 나의 비장한 정리작업을 지켜 보던 주의 사람들은 곧 끝나겠지 하다가 끈질기게 먼지를 피우면서 수선을 떠는지라 짜증까지 비친다. 그리고 먼길을 떠나려는 사람처럼 느껴지는지 나의 이러한 심경 변화의 가지를 조심스럽게 타진하려 드는 것이다.

그러나 내친 김이라 곧 나는 이 작업에 다시 빠져 들었다. 드디어 완전히 기진한 상태에서 대강의 끝맺음을 할 수 있었다. 다 끝내고 뜨거운 욕조에 무거운 몸을 담궜을 땐 우선 진한 해방감을 느꼈다. 온 몸에 감겨 있던 속박의 끈이 스르르 풀리는 듯한 야릇한 자유로움. 뭐랄까? 그것은 상쾌한 홀가분함이면서 한 없이 가벼운 허탈감 같았다.

지긋이 눈을 감고 요 며칠간의 행적을 성찰해 본다. 우선 나는 욕심이 너무 많은 인간이었다. 그 대부분이 약간의 자존심과 허영을 충족시킬 수는 있을지 모르나 거의가 나를 구속하는 것들이 아닌가. 특히 읽지도 못하면서 진열한 원서들과 한문, 고서들…… 가장 유치한 허영심을 그대로 반증하는 셈이다.

갑자기 자신이 잘못 만들어진 거울 속의 인물처럼 상하 좌우로 제멋대로 늘어 나는 것을 느꼈다. 나는 찌들대로 찌들고 피곤해진 육신을 욕조 깊숙이 눕히면서 문득 정신도 정리할 수는 없을까 생각해 보았다. 그리고 가만히 웃어본다. 막상 영혼을 정리한다면 그 전환점은 어디부터 잡아야 할까. 그런 생각을 하자, 골이 덜찬 물덩이처럼 출렁이면서 이내 눈 앞이 흐려왔다.

아마 나는 조금 슬픈가 보다. 길 옆에 핀 들꽃, 서럽도록 아름다운 저녁놀, 별, 구름, 이슬, 꽃…….

그런 것들을 넉넉히 즐기고 사랑하기 보다는 가야 할 곳이 너무 멀기에 나태해져서는 안된다는 이상한 초조감이 허둥대며 달렸다. 눈을 감고 내 영혼의 모습을 떠올려 본다.

건조하고 상처 투성이인 겉만 번드레한 위선자. 끝없이 자기 모순속에 허우적 거리며 내출혈로 젊음을 탕진하는 미운 영혼의 소유자. 나는 자신을 객관화시키면서 갑자기 견딜 수 없는 나락에 떨어진다. 도대체 국문과에 발표했던 내 영혼의 분신들은 어디까지가 알곡이고 껍데기인지.

그것들도 불원간에 정리해야 하리라. 산다는 것이 매일매일의 흔적이면서 소멸되어가는 양면성인데 과연 어디까지 남기고 버려야 하는지…….

눈에 보이는 물건, 현상 관계나 인연의 끈들을 나름대로 절제와 이성으로 매듭짓고 풀면서 예리하게 규정할 수 없음에 절망을 느끼듯이 과연 영혼은 어디까지 태우고 버려야 할 것이며 어디까지가 가치로운 것인가에 대한 아무런 확신도 할 수 없다.

오늘 낮 서랍을 정리하면서 일기장 첫 페이지에 썼던 글귀를 나는 뜯어냈다. 한순간도 남김 없이 완벽히 살 것. 늘 깨어 있을 것. 언제나 최선을 다 할 것. 자신을 속이지 말 것. 남에게 주는 행복을 누릴 것. 끝으로 김 영임, 언제 어디서나 생을 사랑할 것.

비장한 결심을 떼어내 소각하면서 가슴 속으로 한 줄기 서늘한 바람이 지나감을 느꼈었다. 그런 것은 어쩌면 영원히, 희망사항으로 머무르는 영혼의 선언서 같아 그저 공허할 뿐이다.

습기 머금은 거울을 정갈한 타올로 닦아낸다.

거기 마음은 헝클어질 대로 헝클어진, 그러나 조금은 열심히 살았기에 조금은 더 슬퍼 보이는 여윈 자화상 하나 서 있다. 아! 내 영혼은 어디로부터 그 정리를 시작해야 할까. 저 연보라빛 찬연한 가스불처럼 그렇게 타오르는 생이 아니더라도, 홍몽 속에 부유하는 이 번뇌를 사를 수 있다면, 아니 서랍을 정리하듯 영혼도 감동하게 그만큼만 정리할 수 있다면…… 그러나 어쩌면 영혼을 정리하고 싶다는 이 상념조차 갖지 않을 때 비로소 내 영혼은 정리되지 않을까.

겨울 비가 내린다. 창문에 사선을 그으면서 아직은 추운바람 그러나 봄이 올 것 같은 착각에 빠진다.

아직 봄은 멀리 있는데 새 봄이 오기를 기다리는 이내 마음을 적셔 주기라도 하는 것처럼 하루종일 비가 내린다. 이번 겨울방학 내 고향의 모교를 갔다. 유년의 꿈이 피어나던 잃어버린 내 어린 날의 교정은 변해 있었다. 일제시대의 잔재였던 검은 색깔의 판자 대기로 지어졌던 교실은 깨끗히 새로 지어졌고 정원은 아름답게 가꾸어지고 넓은 운동장이 펼쳐져 있었다.

겨울비, 안개비와 섞인 진눈개비가 추적추적 내리는 날 외투와 검정색

바지를 되는 대로 걸치고 다소 헝클어진 차림을 한 채 불쑥 이 곳을 찾아 왔다. 나를 알아 보는 이는 없었다. 다만 늙은 곰 밤나무, 느티나무와 교정 울타리를 이루고 있는 묵은 전나무들이 정답게 맞아 주고 있었다. 운동장은 모래가 깔려 예전처럼 발이 빠지지 않았고, 어지럽게 나를 끌어 올리던 뺑뺑이 둘레에도 예전처럼 물이 고여 있지 않았다. 검 붉게 녹슨 채 우뚝 서 있는 뺑뺑이 철근으로 만들어진 그네, 시소 그리고 배열된 철봉대…….

그런 것들이 옛 모습 그대로 간직 되어진 채 고요히 젖어가고 있는 정경은 너무나 푸근하고 정다웠다. 나는 자꾸 눈가를 씻으며 운동장을 가로 질러 걸었다. 한쪽 운동장에 크고 넓은 강당이 체육관으로 지어져 있었다. 운동장에서 아득히 바라보이는 망대를 보았다. 미끄럼틀 위의 망대는 사방을 살피기 좋은 열린 모습으로 이곳을 묵묵히 내려다 보고 있었다. 다만 옛날 보다 아주 작고 어설프게 느껴짐은 내가 다 자란 탓이리라.

집에 돌아와 밤에는 음악을 들었다. 일생에 단 한번만이라도 모짜르트적인 명랑함과 고요함의 조화를 완벽히 공감할 수 있다면 그 맑은 영혼에 나도 하나가 된 순간으로 일치될 수 있다면 얼마나 행복할까.

음악은 가장 지순한 슬픔이다. 국경이 없는 영혼의 언어이다. 인간이 신의 경지에 닿을 수 있는 유일한 도구이다. 음악, 그 오묘한 예술이야 말로 획일된 삶의 공식을 초월하여 무한한 자유의 세계로 비상할 수 있는 날개이리라.

끌고 가려는 의지를 멜로디와 협동하여 조화를 이루려는 하모니, 부지런히 움직여서 음의 길이를 구성하는 리듬, 이 세가지의 합일은 하나의 우주를 창조한다. 멜로디와 하모니와 리듬이 맞아 떨어지는 아름다운 선율의 조화. 나는 그만 눈을 감았다. 삶도 음악처럼 멜로디와 하모니와 리듬이 알맞게 조화를 이룰 때 비로소 한편의 아름다운 생애를 연주할 수 있는 것이 아닐까?

8

빼앗긴 봄

데모

광주 민중항쟁의 배경은 한국에서의 유신체제의 붕괴. 밑으로부터 쟁취된 것이 아니라 권력층 내부의 갈등으로 이루어진 것이다. 즉, 그것은 그 체제의 쟁점에 있던 박정희 대통령이 사망하면서 일시적으로 형성된 권력의 공백이었다.

여기서 중요한 것은 권력구조 그 자체가 붕괴되지 않았다는 것이다. 따라서 유신체제에서 권력을 장악하고 있던 세력들은 향후 정치일정에 대해서도 자신들이 여전히 권력을 장악하는 선에서 마무리 되기를 내심 바라고 있었다.

이렇게 볼 때 흔히 '서울의 봄' 으로 불리는 1980년의 봄은 화사한 그 이름과는 달리 지배세력과 민주운동세력이 자신들의 프로그램을 시행하기 위하여 대립을 향해 나아갔던 시기였다.

문제의 핵심은 유신체제로 형성된 권력구조가 외면만을 바꿔 입은 채 그대로 권력을 승계하느냐, 아니면 민주화 운동세력이 국민의 힘을 바탕으로 민주 정권을 수립하느냐에 있었다.

우선 지배세력의 권력중심은 정부에서 군으로 옮겨가고 있었다. 그리고 지금까지 지배세력의 핵심에 위치하고 있던 김종필의 공화당은 서서히 권력의 주변으로 밀려 나가고 있었다.

반면에 야당과 재야 세력으로 구성된 민주화 운동세력은 민주 정부 수립이라는 구체적인 문제에 직면하자 그 내부에서 여러가지 불협화음이 형성되고 있었다.

김영삼과 김대중의 대립, 정치권과 재야인사 사이의 반목이 점차적으로 가시화 되었던 것이다.

한편, 1980년의 봄은 민중들이 각자의 목소리를 내는 민주화 욕구의 분출기였다. 유신체제라는 강압 통치하에서 그리고 경제 성장의 뒤안길에서 스스로의 욕구를 억누르며 살았던 민초들은 지배권력이 이완되면서 나타난 해방기를 맞아 각자 자신들의 요구를 분출하고 있었다.

이러한 상황에서 유신체제에서 상대적으로 자유로운 공간을 확보한 관계로 그나마 저항 세력을 형성하였고, 그 과정에서 민주화 운동의 주력으로 성장하였던 학생운동은 본격적인 활동을 전개하기 시작했다.

당시 문교부가 발표한 대학교 분규와 관련된 통계에 의하면 1980년 4월 19일 현재 전국에서 총학장 퇴진 요구가 21건, 어용폭력 무능교수 퇴진 요구가 24건, 이사장 재단의 비리 문제가 12건, 시설확충 요구가 11건, 학생회 부활 및 학내 언론 자율화 요구가 20건 등 다양한 요구가 제기되고 있었다. 이러한 요구는 한마디로 학내 민주화로 요약되었다.

학생운동 지도부들 역시 자기들의 역량을 학생회의 조직과 학내 민주화 투쟁에 집중하면서 그동안 잠재화되었던 학생운동의 기운을 대대적으로 끌어 내고자 했다.

동시에 전국 각 대학의 지도부들은 전국총학생회장단회의를 열어 민주화를 지향하는 학생운동의 보조를 맞추고 있었다. 이런 가운데 학생 대중의 분출하는 정치력은 학생 운동의 제대개선 투쟁을 매개로 정치 투쟁으로 전환시키고 있었다. 병역 집체훈련 문제가 그것이다.

4월에 들어서면서 일기 시작한 이러한 정치 투쟁은 점차 그 강도를 높

여가면서 당시 정치 일정에 대해서까지 문제를 제기하기 시작했다. 그리하여 원하든 원하지 안든 점차 군부세력과 대학생운동, 그리고 넓게는 민족민주운동 사이에 정면 대결의 기운이 높아져 가고 있었다.

1980년 봄, 당시 광주 전남지역은 타지역에 비해 민주화운동에 있어서 학생운동이 차지하는 비중이 매우 큰 지역이였다. 물론 NCC. JOC. 카톨릭농민회, 기독교농민회, YMCA 등의 종교 단체나 민주청년협의회, 현재문화연구소 등 재야 사회 단체들이 있었지만 이들은 대중적인 기반을 갖고 있지는 않았다.

광주 전남지역에 있어서 학생운동의 중심적인 역량은 역시 전남대 학생운동에 있었다.

물론 조선대학교 등에서도 학원 민주화 투쟁이 활발히 진행되기는 하였지만 학생운동의 의식적이고 조직적인 지도역량은 미미한 형편이였다. 따라서 여기서는 전남대를 중심으로 1980년 봄의 상황을 정리하고자 한다.

'10.26 사건' 과 '12.12 사태' 등으로 혼란해진 1979년도 겨울방학을 개학이후의 준비로 보낸 학생운동 진영은 1980년 3월 개학과 동시에 '전남대 학원 자율화 추진위원회' 를 결성하였다. 이들은 학내 민주화 투쟁과 학생자치기구의 건설을 추진하려는 운동조직이였다.

'학자추' 는 결성되자 마자 그동안 학생들의 관제 대의 기구로 전락했던 학도호국단의 기능을 사실상 무력화 시키고 학내 사찰기구였던 학생상담지도관실을 폐지하였다.

이와 함께 '학원 자율화 공청회' 를 열어 그에 관한 일반학생들의 중지를 모으는 한편 학생들의 관심을 학내 민주화 문제로 집중 시키는 작업을 진행해 나갔다.

이들 '학자추' 의 작업은 나름대로 결실을 맺어 1980년 4월 9일 학생회 구성을 위한 총선거가 실시되었는데 그 결과 전남대 학생운동권의 일치된 지원 하에 '들불야학의 강학' 이었던 박관현(법학과 3년)이 압도적인 지지

(72.6%의 투표율에 62.1%의 지지율)로 총학생회장에 당선되었다.

전남대 총학생회장이 야학의 강학이었다는 사실은 향후 운동의 전개 과정에서 광주지역의 사회운동 진영과 전남대 학생회가 굳게 결합할 수 있는 토대를 제공하는 것이었다.

아무튼 전남대학교 총학생회가 결성되면서 한시적인 조직이었던 '학자추' 가 해체되고 명실공히 학생들의 대표기구인 총학생회가 학원 민주화투쟁을 주도해 나가게 되었다.

그 중 특히 어용교수 퇴진 문제는 비록 직접적인 목표를 달성하지는 못했다 하더라도 학생회를 중심으로 학생들이 굳게 단결하는 계기가 되었다.

그러다가 전남대에서도 전국적인 상황전개에 보조를 맞추어 5월 초를 분기점으로 투쟁의 초점이 이동하게 되었다.

학생운동의 이것이 학내 민주화 투쟁에서 사회 민주화를 위한 정치투쟁으로 전환되었던 것이다. 이 같은 방향 전환은 5월 6일 '전남대학교 비상학생총회' 로부터 시작되었다.

이날 비상학생총회는 5월 8일~14일까지 일주일은 '민족민주화성회' 기간으로 정했다. 그리고 5월 8일에 열린 민족 민주화성회에는 전남대 총학생회와 조선대 민주투쟁위원회 공동명의로 제 1시국 선언문을 채택하였다.

이 선언문에서는 5월 14일까지 비상 계엄을 해제할 것을 요구하고 만약 휴교령이 내린다면 온몸으로 거부할 것이며, 양심있는 교수들의 적극적인 동참을 호소한다고 밝혔다.

그리고 그때까지 계엄령이 해제되지 않으면 5월 15일부터는 가두로 진출할 것을 결의하였다.

이러한 움직임은 5월 13일 발표된 전남대 교수협의회의 시국선언문과 전남고생들의 동참시위로 뒷받침되고 있었다. 5월 14일 민족민주화성회 마지막 날 행사에서 학생들은 하루 앞당겨 당장 가두로 진출할 것을 요구하였다. 이에 전남대 총학생회는 학생들의 요구를 받아들여 5월 14일 오후부터 가두 시위를 결행하기로 결정하였다.

그날 오후 2시 총학생회의 지휘 아래 교문을 돌파한 전남대생 7천여 명은 오후 3시에는 도청 앞 광장을 점령하고 그곳에서 집회를 강행하였다.

이날의 시위 인파는 시민들까지 합세하면서 1만 명을 넘어 서고 있었다. 또한 이날 도청 앞 집회에서는 광주지역 6개 대학 전문학교 포함, 목포지역 2개 대학의 학생대표들이 공동서명한 2시국 선언문과 15개 항의 강령이 낭독되었다. 그리고 만약 휴교령이나 휴업령이 내린다면 일차적으로는 각교 교문 앞에서 그리고 그것이 불가능하다면 12시 정오에 도청앞 광장에 집결하여 시위를 벌이기로 결의하였다.

전야

이러한 가두시위는 5월 15일에도 계속되었으며, 16일에는 광주일원의 거의 모든 대학의 학생들과 일반시민 등 5만여 명이 참가한 가운데 '민족 민주화성회를 위한 횃불대회' 가 열려 14일 이후 이루어진 시민 학생들의 민주화 시위를 장엄하게 마무리 하였다.

이들 시위대와 경찰 사이에서도 별다른 충돌이 일어나지 않았다. 학생 시위에 대한 여론의 엄청난 지지 때문인지 경찰은 시위대의 주변에서 불상사가 일어나는 것을 예방하는 정도로 행동하였고 이러한 경찰들에 대하여 학생들도 음료수 등을 전달하면서 우호적인 분위기를 가꾸어 나갔다.

14일의 시위가 끝나면서 학생운동과 학생운동 지도부는 이제 정부측의 답변을 기다린다는 의미로 17일, 18일은 쉬고, 19일부터 다시 대회를 개최하기로 하였다.

이 휴식이 다음날의 참상을 준비하고 있다는 것은 아무도 알지 못했다.

한편 일단 정국의 헤게모니를 장악한 신군부는 자신들의 헤게모니를 제도화하고 영구화하는 방안에 고심하였다. 그때는 민주화를 열망하는 일반 국민의 염원이 최고조에 달하였던 시기였기 때문에 정상적인 방법으로는 이러한 목적을 달성하는 것이 불가능한 상황이었다.

여기서 군부는 무력으로 사회운동진영을 굴복시키고 그 과정에서 자신들이 전면에 등장하여 명실상부하게 권력을 장악한다는 전략을 세우고 그것을 실천에 옮기기 시작하였다.

1980년 4월 30일에 열린 계엄사 전군지휘관회의 결정내용이 그것을 증명하고 있다.

"사북난동 사건등 노동문제, 학원소요사태 그리고 일부정치인의 학원내 정치집회 등 최근의 각종 사태에 대해 논의한 다음 '이 같은 사태에 대해 심각한 우려를 표명' 하고 앞으로 이 같은 혼란상태를 방치한다면 이는 안정과 질서를 바라는 대다수 국민의 여망을 등지는 것으로 국가 안보적 차원에서 단호한 조치를 취할 것을 결의 했다."고 발표했다.

결국 군부는 대학가의 시위가 최고조로 고양되었던 5월 12일 전군에 비상을 발령하고 공무원들에게도 비상근무령을 하달하였다. 14일과 16일 전국의 대학이 일제히 가두시위에 나서자 정부는 주요각료 간담회를 열고 학생 시위에 대한 대책을 논의했다. 그 내용은 일체 발표되지 않았다.

17일 10시 국방부에서는 계엄사 전군지휘관 회의가 열렸다. 이 회의는 비상계엄의 전국확대, 각급학교휴교 조치, 국회해산, 국가보위비상대책회의의 설치 등을 대통령에게 건의하기로 결정했다.

군의 결의를 받아들인 최규하 대통령은 17일 자정을 기해 전국에 비상계엄을 선포하였다. 그러나 그것은 그 자체 내에 이미 새로운 불씨를 안고 있었다.

즉 '5.17 계엄확대' 는 대다수 국민의 민주화에 대한 절실한 요구를 정면으로 부정하는 것이었으며 '10.26' 이후 진행된 일련의 개량적인 변화들로부터도 완전히 후퇴한 것이었다. 따라서 그것은 처음부터 국민들의 강력한 저항에 봉착할 가능성을 갖고 있는 것이었다.

아무튼 계엄확대와 더불어 발표된 계엄포고 10호를 통해 군은 각종 억압적인 조치들을 취하는 한편 김 대중을 비롯한 정치인 26명을 연행하였다.

또한 경찰은 이미 5월 17일 오후 전국학생회장단 모임이 열리고 있던 이화여대를 급습하여 수십명의 학생대표를 연행하였으며 5월 17일 자정을 전후하여 전국적으로 민주인사들을 예비 접속하고 있었다.

그 날 광주시내의 각 대학은 그 동안의 가두시위를 중단하고 휴식중이었기 때문에 매우 한산한 상태였다. 그런데 오후 5시경 서울의 한 여학생으로부터 전남대 총학생회로 전국 총학생회장단회의가 경찰의 급습을 받았다는 내용의 전화가 걸려왔다.

이 소식에 접한 총학생회 지도부는 사태파악의 업무를 맡은 일부만을 남겨 놓고 긴급 대피했다. 그날 밤 자정을 전후해서 광주의 각 대학은 계엄군에 의해 점령당했으며 광주지역의 사회운동 학생운동의 지도자 상당수가 검거 당했다.

특히 전남대학교에 진주한 부대는 전북 금마에 주둔하고 있던 제7공수여단 단장 신우식 준장 여하의 제 33, 35 대대병력이었다.

18일 자정에서 1시 사이에 전남대에 도착한 이들 병력 장교 82명, 사병 604명은 곧바로 도서관, 총학생회실 등에서 철야를 하던 학생들을 체포하여 곤봉과 군화발로 구타한 후 감금하였다. 이날 전남대, 조선대, 광주교대에서 체포된 학생은 모두 112명이었다.

광주항쟁의 전개과정은 학생 운동을 중심으로 학생시위에서 대중 항쟁으로 발전되었다.

핏빛 5.18 하늘

상황이 급박하게 돌아가자 전남대 총학생회 지도부는 계속 상황을 점검하면서 상호 연락을 하였다. 그러나 돌아오는 연락은 절망적인 것들이었다. 그리하여 이들은 불과 1시간 뒤에 일어날 학생 대중의 저항을 예상하지 못하고 일단 몸을 피하게 된다.

결국 '광주민중항쟁'의 도화선이 된 18일 아침의 전남대 교문앞 시위는 도서관에 공부하러 나왔다가 계엄군에 의하여 제지를 당한 학생들이다.

'휴교령이 내리면 그 다음날 10시에 교문 앞에 모이자'고 했던 당초의 약속을 기억하고 나왔던 학생들에 의해 완전히 자연발생적으로 시작되었다. 당시 전남대 정문 앞에는 완전무장한 공수부대 1대대 팀 8~9명이 교문을 통제하고 있었다.

10시가 넘어서면서 군인들의 제지에도 불구하고 남아있었던 100여명이의 학생들이 정문 앞 다리에서 농성을 시작하였다. 이들의 수가 200~300여 명으로 불어나고 노래와 구호소리가 커지기 시작하자 공수부대원들은 무력진압을 개시하였다.

특수훈련을 받은 공수부대와 맨손인 학생들의 싸움은 일방적인 것이었다. 무차별하게 곤봉을 휘두르는 공수부대들에게 학생들은 부상자 십여

명을 남긴 채 쫓겨난 것이다.

그러나 이들은 그냥 도망치지 않았다. 흩어지는 와중에서도 서로 연락을 취하면서 광주역 광장에 재 집결한 것이다. 다시 도로를 정비한 300~400명의 학생들은 도청 앞 광장을 목표로 시외버스 공용터미널을 지나서 카톨릭센터 앞까지 진출하였다.

당시 이들이 외친 구호는 '비상계엄 해제하라' '김대중 씨를 석방하라' '휴교령을 철회하라' '전두환 물러가라' '계엄군은 물러가라' 등이었다. 그러나 당시의 상황에서 이들 시위대는 전 시민적인 저항을 유발하는 촉매 작용을 하고 있었다.

그리하여 그날 오후 3시가 되면서부터 시민학생들의 시위양상과 계엄군의 진압작전은 변화를 보이기 시작하였다. 수천명으로 늘어난 시위대중들은 보다 조직적으로 기동성을 발휘하면서 공격적인 양상을 보였다.

학생시위가 격렬해지자 오후 3시쯤부터 시내에 투입되기 시작한 공수부대는 투입 첫날부터 시내 도처에서 처참한 살인극을 연출한 '화려한 휴가' 라는 작전을 개시하였다. 공수 대원들은 3~4명이 1개조가 되어 무조건 곤봉으로 구타하였으며, 그중 일부는 손에 대검을 들고 있었고 실제 대검에 찔린 사람도 부지기수였다. 총에 맞는 사람도 셀 수 없을 정도로 많았다.

공수부대의 총칼에 많은 사람들이 쓰러져 죽어가고 공수부대가 진압한 곳은 30분도 못되어 거리가 조용해졌으며, 길 바닥에는 군데군데 피가 고였다.

이날 계엄군은 전국의 모든 주요도시에 진주하였다. 그러나 이들 계엄군에 맞서 저항한 곳은 오직 광주뿐이었다. 저항의 초기단계에서 엄청난 폭력에도 굴하지 않고 투쟁의 명맥을 이어간 것은 이름없는 학생들이었다.

그리고 그들의 처절한 투쟁과 그에 대한 공수부대의 만행은 시민들의 분노를 불러 일으켰다.

가혹한 폭력이 오히려 공포를 사라지게 하고 강력한 연대감과 증오를 낳은 것이다.

이리하여 18일 오후부터 민중들은 서서히 분노를 폭발하기 시작했으며, 야수와 같은 계엄군의 탄압에 맞서 항쟁을 시작하였다. 18일 오후부터 시위 학생과 시민들은 공수부대의 잔인한 공격에 적극적인 공세로 맞서기 시작했다.

이날 오전의 학생 시위를 통해 '김대중의 체포와 전두환의 쿠데타' 소식을 접한 시민들은 충격 속에서 동요하기 시작했다. 광주시민들은 이를 민주화에 대한 자신들의 열망과 기대가 무참하게 좌절된 것으로 받아 들였다.

또한 시위 학생들에 대한 야만적인 폭력을 휘두르는 공수부대에 대한 경악과 분노를 금치 못하면서 학생들의 인내 어린 헌신적 투쟁에 공감을 보냈다.

시간이 갈수록 상황이 험악해지자 전남, 전북 계엄 분소에서는 오후 6시에 계엄 분소 공고 제4호를 통하여 광주 시내 일원의 통금 시간을 9시로 앞당긴다고 발표하고 시민들에게 빨리 귀가할 것을 종용하였다.

그러나 시민들은 서로서로 안부를 물으면서 공수부대의 만행에 대한 소식을 전했고, 광주시의 모든 사람들이 공포와 분노로 하나가 되어 갔다.

한편 18일 오후부터는 시내 산수동 계림동 부근에 유인물이 발포되기 시작했다.

이 유인물들은 광천동의 들불야학팀과 전남대생 일부 그리고 현대문화연구소의 '광대' 회원들에 의하여 제작된 것이었다.

이들은 서로간에 연결되지 않은 채 진상을 분명하게 알려야 한다는 공통된 신념만으로 분산되어 유인물을 제작하였다. 이는 학생회나 재야 민주화운동 세력들이 체포되거나 잠적해 버린 상황에서 사태에 대처하려는 시민 학생들의 최초의 조직적인 움직임이었다.

19일 광주지역은 대학을 제외한 초, 중, 고등학교는 정상수업을 계속했고 관공서나 기업체 공장 등은 대체로 정상 근무를 하였다. 그러나 시내 중심가의 상가들은 대부분 철시한 상태였으며 이른 새벽부터 군인과 경찰들이 시내 전 지역에 걸쳐서 삼엄한 경비를 서고 있었고, 금남로는 일체의 차량이 통행할 수 없었다. 이런 와중에 시민들은 그냥 이러고 있을 것이 아니라 시내로 나가 사태가 어떻게 돌아가는 지 살펴보자고 하며 몇명씩 짝을 지어 금남로를 향하며 사방에서 몰려 들기 시작했다.

오전 10시경 금남로에 모여든 군중은 3,000~4,000명으로 불어났으며, 자연스럽게 군, 경의 저지선과 대치하고 있었다. 이들 중에는 이미 학생들은 별로 없었고, 일반 시민들이 대부분이었다. 이제 광주에서의 저항은 학생시위에서 민중항쟁의 중심으로 옮겨진 것이다.

그리고 이들의 힘으로 광주에서 계엄군을 쫓아 내고 도청을 되찾았으며, 민중의 자치가 이루어 졌다.

한편 19일 오후 4시경부터는 고등학생들까지 시위에 가담하기 시작하였다.

전남고와 대동고 그리고 중앙여고 학생들이 수업을 거부하고 교정에 모여 시가 행진을 준비하기 시작하였으며, 광산여고와 정광고 학생들도 수업을 거부하고 농성에 들어갔다.

이들 학교의 정문에는 계엄군이 진주하여 이들의 시가 행진은 이루어질 수 없었지만 이들은 방화 후에 수십 명씩 짝을 지어 시위대에 가담하기 시작했다.

이때부터 고등학교 학생들 중에서 희생자가 속출하였다.

광주 항쟁에서 최초로 총탄에 맞아 죽은 사망자도 조대부고 야간부 학생이었다. 이에 전남교육위원회는 광주시내 37개 고등학교에 대하여 20일 하루 동안 휴교 조치를 내렸다.

항쟁의 주역들에 의해 도청이 점령되기 직전인 20~21일에 걸쳐 학생 및 청년운동권은 각종 유인물 제작 작업을 전개하면서 사태의 진전을 면밀히 분석하고 그에 대한 향후 대책을 협의하였다. 이 자리에는 윤상원을 중심으로 정상용, 이양현, 윤강옥, 정해직과 그외 2~3명이 참석하였다.

협의 결과 이들은 "현 상황은 표면적인 정치 운동에 불과하며 더 이상 운동은 심화되지 못하고 좌절되어 버릴 것이다. 조직적인 역량이 성숙되지 못한 현 상태에서 운동은 분명 일정한 한계성을 내포할 수밖에 없다."고 정세 판단을 했으며 개인적으로 판단하여 참석하거나 피신하자는 결정을 내렸다. 그 결과 윤상원을 제외한 인사들은 일단 피신하였다.

결국 그 동안 학생운동을 주도했던 인사들은 윤상원 등 소수의 사람들을 제외하고는 항쟁의 중심에서 멀어져 간 것이다.

그 결과 도청을 탈환한 다음날인 22일의 시민대회에서 결성된 '학생수습대책위원회' 는 지금까지 학생운동 진영에 가담하지 않았던 김창길(전남대 3년) 등이 중심이 되어 구성되었다.

당시 대학생들은 남도 예술회관 앞에 집결했는데, 이중 전남대와 조선대에서 5명씩 그리고 나머지 전문대 등에서 5명을 뽑아 총 15명으로 '학생수습위' 를 구성한 것이다.

이들은 위원장에 김창길, 총무 정해민(전남대 상대 4년), 대변인 양원식(조선대), 무기 관리담당 허규정(조선대), 부위원장겸 장례담당 김종배(조선대) 기타 총기회수반, 차량 통제반, 수리 보수반, 질서 회복반, 의료반 등의 부서를 두었다.

이제 수습위원회는 유지급 인사들의 '일반 수습위' 와 대학생들의 '학생수습위' 로 이원화 되어 전자는 주로 계엄사 측과의 협상 또는 시민의 설득에 중점을 두고, 후자는 실질적인 대민 업무를 맡아 보게 되었다.

한편 윤상원 등 광주지역의 사회운동진영은 당시 도청 내에서 주도권을 장악하지 못한 채 수습의 활동을 지켜보고 있었다. 결국 이들은 '수습위'

의 협상을 투항주의적 협상태도라고 비판하면서 민중적 지도부가 필요하다는 결론을 내린다.

이 문제의 중대성을 인정한 윤상원은 박남선이 지휘하는 시민군 조직과 사회운동 인사들의 유기적 연결성을 확보하려고 노력하는 한편 '학생수습위' 내외 투쟁과 견뎌내기 위한 노력을 경주하였다. 이를 위해 우선 사회운동 내부의 조직체계를 정비하기 위해 노력하였다.

18일에서 21일까지는 3개조의 선전조가 서로 연결없이 각각 유인물 작업을 하고 있었다.

전남대 '대학의 소리' 발행 팀이 최초의 유인물을 제작 배포하기 시작했고 광천동 '들불 야학' 팀이 윤상원을 중심으로 유인물을 발행했으며 문화 팀 '광대' 가 박효선을 중심으로 유사한 일을 하고 있었다.

그런데 22일 이후 이들은 윤상원의 지도를 받아서 조직을 통합하고 '투사회보' 를 발행하기 시작하였다.

이들은 문안 작성조 윤상원 · 전용호, 필경조 박용준, 등사조, 김상섭 · 나명관 · 윤순호, 물품 보급조 김경국 등으로 부서를 정하고 등사기 3대를 동원하여 하루에 5~6천 부씩 소식지를 제작했는데 이의 배포는 주로 노동자들이 담당하고 있었다. 동시에 윤상원 등 학생운동 관련자들은 '수습위원회' 와는 별도로 시민군의 조직화와 차량 통제에 열중하였다. 그들은 시민군을 조직화해 가면서 고립된 도시의 불리한 점을 깨닫고 우선 전추장비 및 보급 물자의 확보 및 통제와 시민군의 조직 체계수립, 대 전차 방어선 구축 등이 시급한 과제라고 생각하였다. 이와 같은 생각은 '수습위' 의 무기회수 주장과는 배치 되는 것이었다. 그런 다음 사회운동 진영은 23일 오전 11시 반경 도청 앞 광장에서 '제1차 민주수호 범시민 궐기대회' 를 개최하였다.

이들은 내부에서 갈등을 빚는 '수습위' 로는 지도력을 발휘할 수 없다고 생각하고 시민들의 힘에 의하여 상황을 타개하기 위하여 궐기 대회를 준비한 것이다.

대회가 열리기 전에 광주지역의 문화운동 팀인 '광대' 선전 선동을 하면서 분위기를 돋구고 있었고 궐기대회에 모인 15만명에 이르는 인파도 이들에게 적극 호응하고 있었다.

항쟁 6일째인 5월 24일 기존의 기존의 '수습위'와 사회운동 진영은 서로 다른 프로그램 속에서 정면으로 충돌하고 있었다.

이러한 갈등은 밤9시 도청 상황실에서 열린 회의에서 더욱 팽팽한 대립으로 이어지고 있었다. 이 날의 회의는 자정을 넘어 다음날 새벽까지 계속되었지만 갈등의 폭은 계속해서 커져만 갔다. 사회 운동진영이 유일하게 믿을 수 있는 것은 민중의 힘이었다. 이들은 25일 폭우 속에 계속된 궐기대회를 통해 자신들의 정당성을 확인 하였다.

오후 6시경 대회를 주도했던 청년학생들 25명은 YMCA에 모여서 자체평가와 조직 강화를 위한 화합을 가졌다.

김영철, 윤상원 등이 주도한 이날 모임에서는 정세분석과 함께 각자가 맡은 역할에 대해 논의 하였다.

그 결과 수습위를 대체할 새로운 준비 기구를 편성하였다. 준비 기구의 면면을 보면 기획 담당에 윤상원, 김영철, 이양현, 홍보 집회 담당에 박효선, 김태종, 궐기대회 비용 및 인쇄 제작담당에 송백회의, 정유아, 이행자 등으로 구성되어 있다.

이들의 대학생들을 완전히 조직화하여 그 세력을 기반으로 도청에 진입해 지도부를 구성할 계획을 세우고 다음날부터 YMCA로 대학생들을 집결시키기로 했다.

동시에 시민군의 무장해제를 서두르는 '수습위'에 맞서 민주화 운동 진영에서는 지역내 재야 인사들의 협조를 요청하기도 했다. 그러나 이들 재야인사들도 청년운동 진영 및 항쟁을 주장하는 청년들과는 생각이 달랐다.

이들은 민중항쟁의 정당성을 인정하면서도 무고한 목숨의 희생을 염려하였다.

또한 당시의 조건에서 무장투쟁의 현실적한계를 인정하는 것이 불가피하다고 판단하고 있었다.

재야 인사들의 협조를 얻는데 실패한 사회운동 진영은 새로운 집행부의 구성을 결정 하였다.

이를 위해 그들은 가두 방송을 통해 대학생들을 YMCA로 모이게 하는 한편 윤상원이 '수습위' 내에서 항쟁을 주장하는 김종배, 박남선 등을 만나 협조를 부탁하였다. 서로의 생각이 일치한다는 것을 확인한 그들은 협조를 약속하였고, 그들의 협조 속에 YMCA에 모인 대학생 50여 명을 도청에 투입 하였다. 이들은 항쟁지도부의 도청내 실권장악을 돕기 위해 투입된 자위세력이었다.

결국 25일 오후 7시경 도청 식산국장실에서는 윤상원의 안내로 들어온 정상용, 김영철, 이양현 등 민주화운동 인사들과 '학생수습위' 부위원장인 김종배, 허규정 등이 참석한 가운데 회의가 열렸다.

그들은 현재의 '학생수습위'를 구축하고 자신들이 새로운 결성하여 투쟁적인 자세로 임할 것을 결정하였다.

회의 도중에 학생 수습위원장 김창길이 달려와 그들 사이에 설전이 벌어지기도 했지만 이미 대세가 결정된 다음이었다.

25일밤 10시 계엄군의 무력에 최후까지 맞서 싸울것을 결의한 학생 지도부가 탄생하였다.

새로운 지도부는 학생수습위 일부 투쟁파와 청년운동권 그리고 그 동안의 무장투쟁 국민에서 전면으로 부상한 기층민중 출신으로 구성되었다.

끝까지 남아 싸운 조직체계는 다음과 같다.

위원장 : 김종배(조선대 무역학과 3년)

내무담당 부위원장 : 허규정(조선대 2년)
외무담당 부위원장 : 정상용(전남대 졸)
대변인 : 윤상원(전남대 정외과 졸, 들불야학 대표)
상황 실장 : 박남선
기획 실장 : 김영철(광천동 빈민운동가)
기획 위원 : 이양현(전남대 사학 졸, 노동운동가)
윤강옥(전남대 사학과 4년, 민청학년 사건관련자)
홍보 부장 : 박효선(전남대 국문과 졸, 문화대 '광대' 회장, 현직교사)
민원 실장 : 정해직(광주 교대 졸, 홍사단 아카데미출신, 현직교사)
조사 부장 : 김준봉(고려시멘트 회사원)
보급 부장 : 구성주

새로운 지도부는 무기반납을 중단했으며 도청내부의 행정체계를 잡고 민중생활의 정상화를 도모하려고 했다.

그들의 전략은 '일면투쟁, 일면협상' 이었다.

그들은 한편으로는 예비군 동원령을 내려 자위대를 편성할 계획을 세우면서 다른 한편으로는 계엄군이 총공격 해오면 도청무기고에 있는 다이너마이트를 폭발하겠다는 위협적인 협상 조건을 계획 하였다.

대치상황이 장기화할 것에 대비하여 모든 시민들의 일상생활을 정상화시키기 위한 여러가지 상항도 검토되었다.

또한 이들은 항쟁의 확산을 꾀하기 위하여 대변인 실에서 많은 다수의 외신기자들과 일부 국내 기자들이 참석한 가운데 기자 회견을 갖기도 하였다.

그러나 이들이 헌신적인 전망이나 구체적인 프로그램을 갖고 있었던 것은 아니었다.

이들 항쟁지도부는 계엄군의 진압작전 실행여부나 미국의 의도 등에 대하여 확실한 태도를 견지하지 못했지만 만약의 사태에 대비하여 26일 보다 체계적인 무장 조직으로 기동 타격대를 편성하였다.

그 동안 무장 투쟁을 총지휘해 온 박남선은 지도부의 상황실장을 맡고 기동 타격대장에는 윤석루(19세), 부대장에 이재호(33세 회사원), 경비 대장에 김화성(21세 식당종업원)이 임명되었다.

26일 새벽 5시 농성동에서 계엄군이 탱크를 앞세우고 시내로 진압하고 있다는 소식이 시민군의 무전기를 통해 도청 상황실에 보고 되었다. 이에 전 시민군에 비상령이 하달 되었으며 일반 수습위원들 중 이성학 장로, 김성룡 신부 등 수습위원들 중 일부는 농성동으로 달려가 도로 위에 드러 눕기도 했다. 계엄군의 탱크는 시민군의 바리게이드를 깔아 뭉개버리고 1㎞쯤 밀고 들어와 한국 전력 앞길에 진을 쳤다.

26일 밤 도청안에서는 이전의 수습위원들이 계엄군의 진압작전을 알리면서 도청에서 빠져 나갈 것을 종용하였다. 이과정에서 150여 명이 도청을 빠져나갔으며 항쟁지도부도 이들을 만류하지 않았다.

지도부는 이미 그날의 궐기 대회에서 최후까지 싸울수 있는 사람만 남아 달라고 한 바 있었다. 이렇게 해서 최후까지 도청에 남은 사람이 150여 명이 되었다. 이중 80여 명은 군복무를 마친 사람들이었고, 60여 명은 고등학교 및 군 경험이 없는 청년들과 10여 명의 여학생이 포함 되어 있었다.

이들은 YMCA 대 강당에 모여 전투조를 편성하고 여성부에서 준비한 식사를 하였으며 윤상원, 박남선, 김종배, 정상용 등 학생지도부 간부들은 따로 모여 작전회의를 가졌다.

27일 0시 정각 자정이 되자마자 도청 상황실의 시외통화가 끊겼다. 전화가 끊긴 것은 계엄군의 공격을 예고 하는 것이었다. 홍보부에서는 마지막 순간까지 이 사실을 시민들에게 알려야 한다고 결정하고 박영순(송원전문대 보육과 2년)이 홍보 파량에 올라 새벽 3시까지 광주시내 전 지역을 돌면서 마지막 가두 방송을 수행했다.

"시민 여러분 지금 계엄군의 처들어 오고 있습니다. 사랑하는 우리 형제 우리 자매들이 계엄군의 총칼에 숨져가고 있습니다. 우리 모두 일어나서 계엄군과 끝까지 싸웁시다. 우리는 광주를 사수할 것입니다. 우리는 최후까지 싸울 것입니다. 우리는 잊지 말아 주십시오."

새벽 2시 30분 도청 전체에 비상이 걸렸다. 상황실장 박남선이 전체 상황을 지휘 했다.

상황실에서는 시시각각 계엄군의 진입 현황이 보고되어 들어오고 있었다. 계엄군이 시 변두리에 진입하면서 약간이라도 낌새가 보이면 M16 소총을 난사하였다. 막강한 계엄군에 맞서 시내 곳곳에서는 시민군의 처절한 항전이 전개 되었다.

그날 항전의 절정은 항쟁지도부가 있던 도청에서 이루어 졌다. 도청의 인근에서 총성이 울러 퍼진 것은 새벽 3시 30분 경이였고 탱크를 앞세운 계엄군에게 도청이 완전 포위된 시간은 새벽 4시경 이었다.

계엄군의 장갑차 위에서 써치라이트가 도청을 비추는 가운데 계엄군은 항복을 권유하는 최후 통첩을 방송했다.

"폭도들에게 경고 한다. 너희들은 현재 완전히 포위 되었다. 무기를 버리고 항복하라!"

이 순간 도청안에서 총성이 울렸다.

시민군 측에서 발사한 총탄이 계엄군의 써치라이트를 박살냈다. 이것을 신호로 계엄군의 일제사격이 시작되었다.

그와 함께 도청 뒷담으로는 공수대원들이 침투를 하고 있었다. 시민군들이 하나 둘 쓰러지면서 최초의 방어선은 무너져 버렸고 이 과정에서 학생지도부의 핵심 인물이었던 윤상원이 전사하였다. 한편 YMCA에서는 이날 새벽 거의 동이 틀 무렵에야 계엄군의 공격이 시작되었다.

이곳에서는 문화 선전조와 고교생들, 그리고 노동자들이 싸우고 있었는데 항쟁의 전 기간 동안 열심히 참가 하였던 박용준(고아 출신 구두닦이)이가 전사 하였다. 그리고 1980년 5월 광주 민중의 무장 투쟁도 열흘간에 걸친 역사의 막을 내렸다.

9

망월동에 핀 진달래 철쭉꽃

시체 체험

10일간에 걸친 항쟁의 심장부였던 도청이 계엄군의 진압 작전에 의해 점령되면서 광주 민중 항쟁은 외형상 그 역사적 운명을 다하게 되었다. 쓰려져 죽어 간 사람들이 천 명 이천 명에 가까이 이르고 시체 더미가 쌓여 있던 금남로 지하상가가 핏빛으로, 시내가 곳곳이 피로 물들고…….

그 많은 시체를 어느 한 곳에 매장했다고는 하는데 아무도 어디에다 묻었는지 모른다고 한다.

그 때 참가한 군이나 미국이 그 자료를 가지고 있다는 소문만 있다. 그리고 그 관계자도 자기 친척이나 가까운 사람이 광주민중항쟁과는 무관한 사람만 있기 때문인지 강건너 불 보듯 아픔을 함께 나누려 하지 않고 있다.

광주 망월동 국립묘지에 가보면 무덤이 200구가 채 못된다. 그 많은 사람들의 시체는 어디로 갔을까? 참으로 안타깝고 궁금한 점이다. 그때의 시신은 어떻게 했을까?

땅을 파고 아무도 모르게 매장을 했을까?

지금도 광주 희생자들은 울고 있다. 뼈라도 가족에게 넘겨주자.

이땅의 지배권력은 박정희 대통령의 사망을 계기로 일단 위기를 맞이하였지만 일부 정치 군인들을 역사의 전면으로 내세우면서 또 다른 지배 세력에 의해 대체되었다.

신군부로 일컬어지는 정치군인은 광주 민중항쟁을 효과적으로 제압함으로써 제반 사회운동 및 일반군인들의 저항을 아우르고 권력의 실세를 장악할 수 있는 기회를 잡게 되었다.

이렇게 하여 성립된 것이 '제 5공화국' 이다. 그러나 '제 5공화국' 의 실세들이 영원히 승리한 것은 아니며 광주의 민중들이 영원히 패배한 것도 아니었다.

1980년에 처참하게 패퇴하였던 광주 민중항쟁은 세월이 흐르면서 그 패배를 통하여 1980년대의 사회운동이 비약적으로 도약하는 디딤돌을 제공하였다.

광주 5월 항쟁을 계승하려는 시민 학생들의 몸부림은 1980년 그날의 사태가 종료된 직후부터 전국의 모든 지역을 무대로 터져나왔다. 최초의 저항은 항쟁이 진압된 지 3일밖에 되지 않은 5월 30일 서울에서 분출되었다.

이날 서강대 학생인 김의기가 광주사태의 진상을 고발하는 글을 뿌리면서 서울 기독교회관에서 투신 자살한 것이다. 이 후 광주 사태의 진상을 알리고자 하는 노력이 전국 도처에서 계속 되었다. 또한 항쟁 당시 신군부를 직접 · 간접적으로 도와주었던 미국에 대한 저항은 1980년 12월에 일어난 광주 미 문화원 방화사건으로 그 첫 봉화가 올려지게 되었다.

이후 반미운동은 계속 확산되어 1982년 3월의 미 문화원 방화사건, 1985년의 서울 미 문화원 점거농성 등으로 이어지고 있다. 이러한 흐름들은 1980~1990년대 사이의 광주지역 학생운동을 중심으로 살펴 볼 것이다.

그러나 이 시기는 직접 현재의 시기와 연결되어 있는 관계로 자세한 언급은 불가능할 뿐만 아니라 불필요하다고 생각한다.

따라서 대략적인 시기 구분과 그러한 흐름속에서 포착되는 질적인 변화에 초점을 맞추어 서술하고자 한다.

학생운동이라는 관점에서 이 시기를 대변하면 다음과 같은 3개의 시기로 구별이 가능하다.

① 1980년 5월~1985년 2월 : 유신체제를 계승한 강압적인 통제체제가 기승을 부리던 시절이며 광주항쟁에서 파괴된 학생운동의 역량이 아직 복원되지 않은 채 새로운 방향을 암중 모색하는 시기이다.

② 1985년 2월~1987년 6월 : 1985년 2월의 국회의원 선거를 계기로 '제5공화국' 의 강압적인 통치가 국민들의 거센 비판에 직면하면서 붕괴하고 이후 학생운동과 각종 사회운동이 폭발적으로 분출하는 시기이다.

③ 1987년 6월 이후 : 전국적인 규모는 '6.3항쟁' 이후 최대라는 1987년 6월 항쟁 이후 세계사적인 보수주의화 현상과 냉전체제의 후퇴, 그리고 일반국민들 뿐만아니라 사회운동 진영 내에서도 광범위하게 확산되는 냉소주의적 경향으로 인해 1980년대 중반 이후 급속도로 성장하던 사회운동의 기세가 한풀 꺾인 시기이다.

이제 학생운동은 또 한번의 분수령을 맞이하고 있었다. 그때 마지막까지 싸우다 잡혀간 학생들 시민들은 상무대로 이송이 됐었다. 거기에서 구타 고문 등으로 김대중 씨를 죽이기 위한 시나리오를 작성하기 시작했다. 죄목은 내란 음모죄로 사형이라는 무서운 판결을 내렸다. 살아남기 위해서 모든 것을 포기하고 수 없는 고통과 고난을 당해야만 했다.

나는 그때 그 시절, 1980년 5월 17일 밤 자정을 기해서 계엄령이 선포되자 완고한 아버지는 학교에 가지 못하게 막아버렸고, 찻길이 끊겨 차가 다니지 않게 되자 자전거를 타고 광주에 가려다가 서창다리에서 검문을 하고 있어 집으로 되돌아 왔다.

고립이 된 광주는 그래도 시장에서는 장이 섰었다. 부족한 물품을 서로서로 나누며 모두가 한마음으로 하나가 되어 서로 도왔다. 전두환은 장충체육관에서 그때의 통일주체국민회의 대의원들에 의해서 만장일치로 대통령에 추대되었다.

개학과 동시에 대통령으로 뉴스시간 9시만 되면 제일 먼저 나오는 전두환 그 사람은 모르는 사람이다.

피로 얼룩진 손으로 잡은 정권, 미국 레이건 대통령을 만나기 위해 전투기 등 무기를 사들이기로 약속하고 막대한 이익을 넘겨준 그대는 지금 양심의 가책을 느끼지 못하고 있단 말인가.

신록이 우거지는 계절, 봄날은 피비린내 나는 냄새로 너무나 처절하고 가혹했다.

이념을 같이한 동족끼리 총칼을 겨누고 싸워야 했던 그 이유, 정권을 잡고 철면피를 얼굴에 깔고 수천억 비자금을 숨기면서 왜 너는 사느냐.

그때의 희생된 영혼들을 망월동 묘지에 안장을 했다.

망월동 국립묘지 주변에는 진달래 철죽꽃이 봄이 되면 어김없이 피고 진다. 이번에 25주년을 맞는 5.18 광주 민주화운동. 그때 참여시 한 권 분량의 원고지를 빼앗기고 이제 다시 펜을 들고 그때를 더듬어 소설을 쓰고 있다.

처음 발포를 지시한 자는 누구이며, 사상자는 몇 명인지. 또한 부상자는 몇 명이며 실종자는 몇명인지. 그 때의 군은 어떻게 동원이 되었는지.

진실을 말해야 할 사람은 입을 다물고 침묵으로 일관하고 있다.

이제 이만큼 세월이 흘렀으니 사과드린다는 말 한 마디는 해야 하지 않은가.

그 때의 지배세력은 이제 죽어갈 시간이니 잘못했다 미안하다 회개한다는 그 말이면 남은 인생의 말년이 훨씬 더 편안하지 않을까 싶다.

그 때 1980년에도 가을은 어김없이 찾아왔다. 그리고 다음 해 미국을 다녀온 전두환은 미국에 많은 도움을 주고 미국이 우리 나라에 도움을 준 것처럼 국민들을 속인 나라의 반역자다.

나는 진실을 밝히기 위해서 오늘도 글과 씨름하고 있다. 그 어떤 총이나 칼보다 글이 강하다는 것을 보여주기 위해서 말이다.

황룡강 건너 너른 평야는 황금물결로 출렁이기 시작했다. 하늘은 맑고 넓은 창공을 세차게 날으는 새들은 자유롭게 지저귀고 있었다.

그러나 1980년 역사는 후퇴하고 있으며 나는 긴 시간 불을 밝히며 책 읽기와 글쓰기로 세월을 보내고 있다.

민주주의의 갈망은 여지없이 그들의 총칼 앞에 짓밟히고 우리에게 깊은 상처를 안겨 준 채 1980년은 그렇게 암울하게 흘러갔다.

학업중단

대학 2학년 1학기가 시작되었다. 몇 달간 학교에 잘 다녔다. 그런데 휴교령이 내리면서 아버지가 단호하게 학교를 그만 둘 것을 강요하셨다. 하늘이 무너지는 기분이었다. 공부에 대한 열망이 얼마나 강했던지 나는 어떻게든 학업을 지속하려 하였다.

그렇지만 여름방학이 끝나고 전두환이 대통령이 되면서 2학기 학비를 내지 못하자 결국 수강신청도 할 수가 없었다. 아버지의 강경한 태도에 나는 달리 방법이 없었다.

결국 기약없이 학교를 휴학할 수 밖에 없는 처지가 되었다.

「사람이 인생의 항로를 정하고 나면 비록 항해 중에 많은 비바람과 시련이 있을지라도, 비록 배가 침몰하는 지경에 이르더라도 옳다고 믿는다면 그 항로는 옳은 것이다.」

마가리드 미드 여사는 이렇게 말한 바 있다.

생애의 대부분을 원시적인 미개 종족을 모델로 하여인간의 성문제와 가족관계, 사회제도, 인종과 종교 문화의 적용성 등에 이르기까지 날카로운 분석과 통찰로 전세계를 놀라게 한 세계적 석학 마가리트 미드 여사는 바로 전력투구라는 이미지 표상이다.

남태평 원주민의 생태를 조사 연구하기 위해 원주민 추장과 결혼한 억척 여성 미드여사의 생애에는 남들이 흉내 내기 어려운 삶을 집념으로 살다간 전력투구의 삶이었다.

그녀의 삶에서 신이 인간에게 주신 사명은 모두 제각각이지만 그것을 신념과 정열을 가지고 완수할 수 있는 삶이야 말로 가장 아름다운 생애라는 것을 깨달았다. 자기만이 할 수 있는 역할을 찾아 정열과 긍지를 가지고 전력투구 할 수 있을 때 그 생애는 가장 값지고 보람 있는 일생이 아니겠는가.

이 세상에서 아름다우면서도 어려운 말은 자존심이다.

국어사전을 찾아 보면 자기 스스로 높이는 마음이라고 풀이 되어있다.

그러면 자기 스스로를 높이는 것은 무엇을 뜻하는가. 남 앞에서 자신을 으시대는 것이 자존심이라고 잘못 알고 있지는 않은지. 참된 자존심은 가장 겸손한 마음이다. 정직한 자세다. 굽힐 줄 모르는 의지와 어려움을 이기고 다시 일어서는 용기이다. 남에게 베풀되 대가를 바라지 않는 사랑이다. 극기다. 알찬 실력이다.

남을 용서할 줄 아는 너그러운 마음씨이며, 최선을 다하는 자세이며, 끝까지 자신의 소임을 성실하게 완성하는 책임감이다. 남에게 철저하고, 자신에게 부끄럽지 않은 마음의 자세이다.

이 모든 것을 실천하는 사람, 실행하기 위해 노력하는 사람이 가장 자존심이 강한 사람이다.

학교에 출석하지 않은 채 가을이 되었다.

산들바람이 불어 맑고 높은 가을 하늘 그 아래 피어있는 들꽃 코스모스 들국화 …….

남이 보아 주지 않아도 피었다 지는 가을 꽃이여.

이 가을에 나의 마음에 곱게 피어 외로움을 달래주는 꽃들이여. 이제는 망설일 필요가 없다. 가지 않았던 다른 길을 조심스럽게 출발해 보자하고 자신과 대화를 했다.

많은 생명들의 떼 죽음. 친구들 선후배들의 민주주의를 위해 희생된 숭고한 정신을 이어 받아 그들을 대변해서 글쓰기를 시작하자고 마음속에 깊이 다짐했다.

광주사태는 은폐되어 버렸지만 투쟁과 싸움으로 온국민들이 들고 나서면 언제인가는 밝히지 않겠는가 하고 생각했다. 푸르고 푸른 산은 단풍이 들기 위해 가을의 햇볕을 받고 붉은 옷 노란 옷으로 갈아 입기 시작했다.

유난히 허전하고 고독의 낱알들이 햇살아래 고요히 다가 왔다.

무엇을 위해 살아야 하나?

무엇을 하며 살아야 하나?

이때부터 신춘 문예에 등단하기 위해 원고를 신문사에 보내기도 했다. 그런데 원고 검열을 하는지 결과는 좋게 나오지 않고 당선하는 것은 꿈속에 그려보기나 하고 정초에 발표하는데 낙선이 계속되었다.

언론을 전두환이 다 장악하고 검열하는 것을 알고 있었지만 그래도 혹시나 하는 기대를 걸어 보았었다.

그렇지만 포기할 수는 없었다. 어려서부터 잘한다고 칭찬 받은 것은 글쓰기였기에 이 분야에서만은 인정 받기 위해 온갖 고생과 어렵고 힘든 상황을 이겨나가야만 한다고 마음 속에 작가의 꿈을 아로 새겼다.

언론 출판의 자유가 없을 때 내가 할 수 있는 것은 청탁 받고 남의 글을 써 주는 것과 그 보답으로 밥 한끼와 친구들과 회식할 수 있는 기회를 주는 것뿐이었다.

신춘문예 응모기간이 지나면 단풍은 낙엽이 되어 한잎 두잎 떨어진다. 낙엽을 밟으며 이 낙엽처럼 떠나버린 친구들을 생각했다.

젊은 청춘이 꽃도 피워보지 못하고 총칼에 인생을 마감해버린 너무 한이 많아 천국으로 가지 못하고 떠도는 것 같은 영혼때문에 잠을 이루지 못했다.

숱한 날 불멸의 밤을 책과 동행하면서 슬픔이 우리에게 왔지만 기쁨의 날이 올 것이라는 희망을 가지고 노력에 노력을 거듭하였다.

인생은 새옹지마라는 고사성어가 있지 않은가?

낙엽이 다 떨어지고 초 겨울이 될 무렵, 기억으로는 12월 초. 나에게 도청에서 공무원으로 근무하라는 전보가 왔다.

그 전보를 가지고 도청 서무과 인사계를 찾아갔다. 즉, 도청에 발령 받은 것이다.

큰 할아버지가 한복을 입고 어느날 도청인사계에 찾아가 부탁하시고 당숙이 힘을 쓰시고 해서 처음으로 농림부소속 농지과에 근무하게 되었다. 신분이 학생에서 공무원으로 바뀌게 된 것이다. 몇달 농지과에 근무하다 이듬해 5월 서무과 문서계로 옮겨 갔다. 나의 전공에 맞는 과이다.

그때 나와 몇살 차이인 범양이라고 있었다. 고등학교를 나와 사무를 보는데 집에 있다가 도청에 높은 사람의 인맥으로 들어왔다. 공문를 접수해서 분류하고 각과에 보내는 일이다.

그 여자는 공문 분류를 못해 삼 년이 지나니 이제서야 완전히 사무를 보게 됐다면서 말했다. 그러나 나는 적성때문인지 한달 정도 일하면서 빨리 적응이 되었다.

일하는 속도가 빠르고 이해를 잘해 이때부터 나는 일에 파묻혀 살게 되었다.

문서계는 도지사 도장관인을 가지고 결재도장을 찍는 과이다. 공문은 청와대, 서울중앙 각부처에서 오는 공문 비밀문서 등 시군에서 오는 공문 모두를 받아 접수하고 각과에 맞는 일을 분류해 도장을 받고 보낸다.

도청 직원들은 서류를 받고 처리를 하는 사무 문서계는 도장이 제일 중요하다. 문서계가 있기에 각과가 잘 돌아간다.

광주사태 제 1주년 5월. 집회를 하지 못했다.

경찰과 방위 등 전투경찰이 막고 언제나 도청 앞 광장 금남로 충장로 등에 보초를 서기 때문에 모였다가 무산되곤 했다.

신록이 우거져 가는 봄날 하늘을 우러러 한점 부끄럼 없이 살기를 잎새에 이는 바람에도 나는 괴로워했다.

윤동주 님의 시를 자주 읊으며 공직에 있으면서 적은 박봉으로 그렇지만 욕을 먹지 않고 맡은 일에 최선을 다할 수 있도록 노력했다.

항상 배가 고팠다. 많은 친구들을 만나려면 돈이 있어야 하는데 친구들은 학생이라 경제력이 없어 항상 자금은 나의 차지가 되었다. 그때부터 나의 글쓰는 재주를 찾는 사람이 가끔 있었다.

그때는 원고료가 없었다. 친구들을 배불리 먹을 수 있게 해주면 한편씩 써주곤 했었다.

시간은 빨리 흘러갔다. 아침에 일어나 출근하고 퇴근하면 시내 다방에서 친구들 만나고 이야기하다 집에 들어가면 피곤하고 그러나 이상하게 몸은 피곤하지만 잠이 오지 않았다. 너무 피곤한데 잠은 오지 않는 밤. 글과 친구가 되어 책 읽기에 바빴다.

젊은 이십대는 대부분을 이렇게 보냈다.

전두환, 노태우 욕하다 자리 박탈

일상은 항상 바쁘게 흘러갔다. 꿈을 좇는 사람처럼 항상 책을 가까이 대하면서 멋있는 아가씨로 성숙해 갈 무렵이였다.

나의 고등학교 시절에는 도지사가 고건 씨, 부지사가 김재완 씨였다. 광주사태가 일어날 때는 도지사가 장형태 씨, 부지사가 정시채 씨였다. 당숙 김재완 씨는 발령을 받아 내무부 개발국장 그리고 내무부 재정국장이 되었다.

광주사태 이후 "고향이 광주라는 이유, 전두환 · 노태우가 나쁘다, 시민들 학생들을 많이 죽었다."라는 바른말 하는 김재완 씨는 여지없이 직위에서 쫓겨나가는 입장이 되었다. 김재완 씨만 그런 것이 아니라 호남 출신 고위 관직자들은 모두 자리를 박탈 당했고, 경상도 출신들이 좋은 자리는 다 차지했었다.

박정희 때부터 시작된 지역감정이 악화될 대로 악화됐을 때 정치권에서는 표를 많이 얻기 위해서 지역감정을 이용한 것이다. 소외 받은 광주, 가장 개발이 안되는 전라도. 좋지 않은 감정이 많을 때라 부작용이 따랐다.

독재는 분단을 하고 있기에 생긴 것이다. 박정희가 죽었을 때 하는 말이 "김일성이가 죽지 않는 것이 정치를 잘하기 때문이고, 박정희는 정치를 못하기 때문에 죽은 것이다."라고 비꼬아 빈정대는 사람이 많았다.

광주사태는 유신체제 붕괴 후 그 자리를 신군부가 차지하면서 정권을 잡기 위해 박정희의 4.19의거 5.16혁명을 본 따라서 그대로 적용한 것이다. 언론이 살아 있었다면 아니, 이때부터 컴퓨터나 인터넷이 활성화된 시기였다면 성공할 수 없는 사태였다.

18년 박정희 정권, 8년 전두환 정권, 5년 노태우 정권 약 30년 독재가 우리 남한을, 북한이 있기에 총과 칼로 휘두르는 정말 비극적인 슬픈 시절이였다.

무엇이 이렇게 삭막하게 만들었을까?

무엇이 이렇게 무섭고도 가혹하고 처절하게 만들었을까?

사람들은 어떤 생각을 하고 있는 것일까?

앞 뒤가 맞지 않은 모순으로 사람이 사람을 그렇게 죽이는 것일까?

그 무엇이 잠못이루며 부둥켜 안고 가야 하는 것이 있기에 이 밤도 창작의 늪속으로 빠져 드는 것일까?

밝아오는 아침의 햇살이 아름다운 이유는 무엇일까?

살아 있기에 젊기 때문에 꿈꿀 수 있는 자유, 완전한 자유가 그립다. 만족한 돼지보다 불만족하지만 자유롭게 살아갈수 있는 진정한 자유를 원한다.

광주사태가 일어난 후 전남대학생회장 박관현은 단식 투쟁으로 전남대부속병원에서 이생을 마감했다. 정말 꽃다운 나이에 짧은 인생을 살다간 학생들, 시민들. 무엇이라고 말 할 수 없이 나의 역할이 미완성으로 밝힌 광주사태 희생자들에게 죄송스럽고 송구한 마음이 절로 든다.

MBC 주말 드라마 제 5공화국에 나오는 대본은 가해자 입장에서 쓴 것이다. 공수부대가 총에 맞아 죽은 것은 너무 긴 시간 방영을 하고 여고생이 헌열을 하고 난 뒤 헬기에서 쏜 총에 맞아 죽은 장면, 임신한 여자를 칼로 배를 쑤셔 태아가 밖에 나와 죽은 잔인한 장면은 방송하지 않는 등 가

해자 편에 서서 쓴 것이다. 명실공히 광주사태가 우리나라 민주화의 처음 시발점이다. 유신체제, 제 5공화국, 제 6공화국, 문민정부, 5.18 국민정부, 현재 참여정부 이렇게 이어지는 정치는 광주사태가 민주주의 시작인 것이다.

지금은 민주화가 얼마만큼 왔다고 생각하는가.

IMF 시대, 그 어느 시대보다 더 어렵다는 현재 경제사정으로 우리 국민은 이 어려운 난국과 어두운 긴 터널을 통과하여 찬란한 봄의 미래를 맞이하여야 한다.

1981년도 여름 휴가를 맞이했다. 찻길이 끊기고 전화도 끊기고 하던 것이 정상으로 복구가 되었다. 밤 열차를 타고 서울로 향했다. 서울에서는 광주에서 일어난 모든 것을 모르고 있었다. 어떻게 철저하게 통제를 했고 방송을 했는지 광주 전쟁사를 모르고 있었다. 사람들은 광주사람하고는 말도 하지 않고, 광주사람 나쁘다는 욕을 많이 한다. 그러나 광주사태 때에 외지 사람들이 광주의 비극을 알면 도와 주려 올 것을 믿었기 때문이다. 그리고 미국을 믿었기 때문이다. 미국은 광주사태에 대해 알면 우리 정부를 압력하여 광주의 일이 더 크게 일어나지 못하게 도와줄 것이라고 믿었기때문이다. 그러나 그것은 환상이었다. 이미 미국은 전두환 정부의 편에 서서 한국의 이권을 많이 받기 위해 광주사태를 모른 척 했다.

이때 반미감정은 커져가고 있었다. 이때 전두환은 김대중이 북한에서 공작금을 받아 전남대 복학생 정동년에게 돈을 주고 그 자금으로 사람들을 매수해 폭동을 일으켜 유혈 사태가 일어났다고 사람들에게 알렸고 대부분 사람들은 그렇게 알고 있었다.

광주사태 실마리를 풀려면 어디에서부터 시작해야 하는가하고 많은 고민을 했다. 학생들은 대학생만 되었다하면 모두 데모를 하고 집회를 하면 모든 민중들이 모여 시위를 하게 되었다. 나는 학교를 그만두면서 참여시를 쓰게 되었다. 공무원이라는 신분때문에 감옥살이는 하지 않았다. 잡혀

가면 아버지가 돈을 주고 경찰서에서 빼왔다.

경찰서에는 왔다 갔다 했지만 전과 기록은 없었다. 최루탄의 매스꺼운 냄새, 코끝이 매워 기침이 나오고 콧물이 주르르 흐르면서 눈물이 나오는 뿌연 연기를 많이 마셨다.

연발탄 사과탄이라는 것도 들어 보았다. 외국에서 최루탄을 수입하기 위해 돈이 몇조가 들어간다는 통계도 나왔다.

도청에 다니면서 때가 되면 도청앞 광장에 민중들이 많이 모여 데모하는 장면을 많이 보아왔고 많이 참석했다. 그러면서 이십대의 젊음과 정의를 위해 많은 발산을 했다.

지금은 소설을 쓰면서 과거와 현재를 넘나들면서 재미있게 쓸려고 노력하고 많이 애를 쓴다.

여고때 도지사 고건 씨는 정치 바람 한 번 타지않고 정상적으로 행정계와 대학교 총장, 국무총리, 서울시장 등 경력이 화려하다.

2007년 대통령 선거에 고건 씨가 민주당으로 출마 한다는 정보를 입수했다. 고건 씨와 당숙 김재완 씨는 행정 고등고시 동기생이다. 당숙이 대통령 출마하는 것 마냥 좋은 일이고, 축하 해야 할 일이다.

이것은 나 개인의 추억이지만 고건 씨가 고등학교 3학년 때 경희 대학교 축제 때 백일장에 입상 했을때 선물을 주셨다. 당숙을 통해서 마르지 않은 샘물이라면서 만년필을 고건 씨라고 이름까지 새겨서 주셨다. 이러한 기억 속의 고건 씨를 존경하지 않을 수 없다. 고건 씨가 대통령 출마하는 것을 대 환영 한다.

최루탄으로 데모를 막았던 가을, 그때의 가을은 광주의 깊은 상처와 모든 희생들을 모르는 채 광주사태가 일어난 지 1년이 지나고 찾아왔다. 그렇지만 가을의 냄새, 들국화의 은은한 향기, 멋있는 가을 꽃, 이러한 자연은 변함 없이 피었다 지고, 그렇게 지나갔다. 아무것도 없었던 것처럼 말이다.

10

만남

이사

학교를 그만 두면서 광주사태 참여시를 쓴 것을 보니 노트로 한 권 200자 원고지로 이백 이십매 정도 되었다. 항상 준비를 해서 신문사나 출판사에 투고하려고 계획을 세웠다. 전두환이 언론을 장악하고 있기 때문에 검열에 걸릴 줄 알면서도 계속 시도해 왔다.

1983년 6월 30일부터 KBS 주최로 남한에 살고있는 이산가족을 찾는 방송을 했다. 누가 이 사연을 모르시나요. 얌전한 몸매에 수줍은 그 얼굴 고운 마음씨 달덩이 같은…… 이 노래는 이산가족 주제가였다.

7~9월까지 오열 속에 가족을 찾은 사람이 많았다. 나는 이맘때 도청에 다니면서 휴가를 얻어 서울에 올라왔다. 너무나 마음이 아픈 슬픈 노래를 들으며 방송국에 직접 찾아갔다. 그때 토요일 밤 9시에 방송한 사랑방 중계라는 프로가 있었다. 원종배 씨가 인기가 많아 사회를 볼 때 팬으로 만났다. 스쳐 지나간 생각이였지만 가수가 되어 볼까 하고 사회자를 만나 부탁했지만 집에서는 반대였다.

여행을 하다 신문사, 출판사에 투고한 사람, 참여시를 쓴 사람을 잡으려고 경찰들이 총비상에 걸렸던 시기였다. 나는 마침 세종문화 회관에서 음악회에 들어가려고 줄을 선 그곳에 조그만 파출소에 근무하는 경찰이 있었다. 말씨를 듣고 그 옆에는 사복 입은 형사가 팔을 양쪽에 잡고 백차에 타고 수사본부 종로에 있는 동대문 경찰서에 붙잡혀 갔다. 독수리 넥타이를 한 경찰대학 출신이 수사한다고 신원 조회를 했다.

당숙 김재완 씨 이름을 대자 그때 김재완 씨는 미국에 교환교수로 떠나고 국내에 없었다. 고향에 있는 경찰지서에 연락이 가 아버지와 작은아버지가 동대문 경찰서까지 와서 빼가지고 나와 그날밤은 여관에서 자고 다음날 아침 고속버스를 타고 집으로 돌아왔다. 정말이지 위험한 모험이였다. 그때 참여시 한 권 분량이 분실되었다. 경찰이 빼앗아 간 것이다. 정말이지 그 당시에 감옥에 들어가지 않은 것을 다행으로 생각했다.

여름에 집을 나와 가을에 집에 들어가 보니 집이 광주시 서구 월산동으로 이사를 가 있었다. 부모님은 자녀 교육을 위해 광주 시내로 이사를 가야 했다.

할아버지 할머니는 계속 고향집에서 생활을 하셨다. 나는 공무원, 남동생 둘은 대학생, 막내 미경이는 중학교 3학년, 이런 형제들과 유대 관계속에 사이좋게 화목한 가정이 형성되었다.

아버지는 광주에서 나주로 출퇴근 하시고 엄마는 음식솜씨가 좋아서 전매청에 식당을 지어 점심 한 끼씩 해드리는 일을 하셨다. 그냥그냥 걱정없이 입을 것 먹을 것 넉넉하지는 않지만 부족하지도 않게 하느님께서 축복을 주셨다. 엄마하고 아버지는 토요일이 되면 고향집에 내려가 할아버지, 할머니 시중을 드셨다.

연세가 연세이려니 만큼 정정한 두 분이 건강하고 재미있게 오래 사시니 보기에 좋았다.

오늘날 현대인이 잃어버린 것 중에 아쉬운 것이 편지이다. 어떤 시인의 말처럼 '사랑은 외로운 시절에 쓰는 긴 편지' 인지 모른다. 누군가에게 편지를 쓴다는 것은 사랑만큼이나 아름다운 행위라고 생각 한다.

마음의 문을 열어 가슴 저 깊은 곳까지 상대방을 초대할 수 있는 것이 편지이며 언어의 불확실성과 일회성을 극복할 수 있는 것이 편지이다.

하루가 다르게 급변하는 현대 문명사회에서 느리고 번거로운 편지를 쓰느니 차라리 전화 한통으로 간단히 끝내는 것이 낫다고 생각할 수 있다. 그러나 문화 수준이 높으면 높아 질수록 이웃의 담이 높게 느껴지고 더 외로워지는 현대인들의 고독은 바로 편지라는 영혼의 연을 잃어버린 때문이 아닐까.

편지야 말로 삶의 아름다운 흔적이다. 한때 다정했던 친구였으나 어쩌다 내게서 멀어진 사람을 찾아 지금부터 영혼의 연을 띄워 보는 것도 괜찮지 않을까 생각해 본다.

우리 가족이 광주로 이사온 뒤 얼마 안되어서 할아버지께서는 노안으로 건강이 나빠지기 시작했다.

어려서부터 큰손녀라고 많이 귀여워해주셨고 여자 아이들도 많이 배워야 한다고 가르침을 주셨던 할아버지.

나의 문학과 인생을 말할 때면 할아버지를 빼놓을 수 없을 만큼 그렇게 중요한 위치에서 나를 보살펴 주셨던 할아버지. 인생의 마지막 종착역에서 하차하신 할아버지를 위해 조용히 기도를 했다.

하느님 나라에 가시려고 준비중이신 할아버지를 고통없이 이 강을 거널수 있도록 도와주시라고 간절히 두손을 모았다.

남쪽에서 쪽빛 가을하늘 만큼이나 멋있고 운치있는 계절이 마음의 문을 열고 찾아왔다.

해년 마다 농사를 지었는데 엄마가 너무 힘들어 하셔서 논을 수놓아 한 마지기에 쌀 한 가마 세를 받았다.

농사를 짓지 않아도 아버지, 엄마, 내가 벌기 때문에 생활을 해 나갈 수 있었다.

찬바람이 불어와 낙엽이 우수수 떨어지는 만추가 지나가고 초 겨울이 될 무렵 할아버지는 만 팔십세로 이 세상을 마감하셨다. 살 만큼 사시다

가시니 별로 서운하다는 마음이 없었으나, 할아버지의 마지막 가시는 길 이제 뵙지 못한다는 안타까운 마음에 슬피 울었다.

상가에 아버지, 작은 아버지의 손님과 친지분들이 많이 오셨다.

할아버지는 가셨다. 그런데 그 여운으로 부조금이 많이 들어와 아버지와 작은아버지가 상의를 하시고는 서로 부조금을 나누어 가졌다. 그 결과 그동안 저축한 돈과 부조금을 모으니 광주 쌍촌동에 크고 좋은 집을 장만할 수 있었다.

할아버지는 그렇게 떠나시고 다시오지 못할 그곳 하늘 나라에 조용히 영혼이 안주하고 영원히 천국에서 살 수 있는 확신이 내 마음을 위로하여 주었다.

쌍촌동 집은 대지가 54평에 실평수 25평 이층 20평으로 지은 지 얼마되지 않은 새 집이었다.

할머니도 모셔와 일곱식구 모두 화목한 분위기에 예전처럼 평온을 되찾았고, 우리 가족은 할아버지가 돌아가시고 믿었던 불교를 버리고 교회에 다니게 되었다.

이것이 우리 집안에 큰 변화였다. 어머니, 작은어머니, 할머니. 여자들이 교회에 나가 하나님을 찾으니 저절로 집안에 축복이 가득차게 되었다. 어려서 하나님을 믿으면서 기도한 보람이 집 식구가 전도가 되어 하나님의 불기둥이 뜨거워 졌다.

따지고 보면 내가 국문과 강의를 듣지 못하고 대신 교회에 나가 설교 말씀을 가슴속에 새기며 기도하고 글을 쓰니 자연히 잘 써질 수밖에 없다.

성경말씀 속에는 국어 수학은 물론이고, 모든 것이 들어있다. 하느님은 날 인도하시고 맑은 시냇가 양떼들이 풀을 뜯는 푸른 초장으로 초대하여 말씀으로 무장하고 세상에 나서니 아무 것도 두려운 게 없도다.

성가대 이별

성탄절 행사를 준비하기 위해서 12월달은 밤마다 모여서 성가 연습을 한다.

1년 재수해서 목포대학 음대를 다닌 목사님 딸 노은아가 새로운 지휘자를 데려 왔다. 이름은 밝힐 수 없어 모 씨, 은아 선배이다.

목사님은 노태광, 노태윤, 노은아 삼남매를 두셨다. 태광이는 군대에 갔고, 태윤이는 명지대학교 건축과 학생이었다.

나는 자연적으로 목사님 가정과 가까워졌고, 목사님을 닮은 태윤이를 좋아는 했으나 결혼상대자로는 부적절한 관계로 생각할 때 은하가 데려온 성가대 지휘자 모 씨에게 호감이 갔었다. 모 씨는 교회에서 일 이년 동안 성가대 지휘를 맡았지만 그 동안 데이트 해볼 수 있는 기회가 없었다.

교회에서 눈요기로 좋아했지 사귈수 있는 시간적인 여유가 없었고, 은아와 태윤이의 방해로 노처녀가 될 때까지 싱글로 있었다. 나는 태윤이를 동생으로만 생각했지 결혼상대자로는 생각이 없었다.

성가대에서 은아는 반주를 하고, 모 씨는 지휘, 나는 노래를 했다. 하모니가 이루어진 듯 했지만 내부의 갈등은 이만 저만 심각한게 아니었다.

크리스마스 이브날 성가대 청년들은 연극과 노래, 장끼자랑으로 어수선한 가운데 1부가 진행되었고, 2부에는 친목도모로 다과회가 있었다. 나는 재능이 있는 모 씨를 좋아했지만 둘이 있을 기회가 없었고 은아에게 양보하는 듯 인상을 받는 가운데 모 씨와 가까워 질 수 있는 사건이 없었다.

마지막 재야의 종소리를 들으며 무등산에 오르는 산행 대회에 참석하여 새해 아침을 무등산 정상에서 맞이하기로 했다.

성경 말씀을 읽고 복음성가를 부르며 마지막 가는 한해를 아쉬워하면서 교회 청년들은 젊은 한때의 밤을 지새우며 놀기도 했다. 자정을 기해서 마지막 시내 버스를 타고 무등산장 입구에서 내렸다. 나는 태윤이의 손을 잡고 장갑을 나눠 끼웠다. 같이 눈보라가 내리는 한해의 마지막 밤에 손을 잡고 잿 머리를 지나 정상에 올랐다. 정상에서 냄비에 눈을 녹여 물을 만들어 떡라면을 끓여 먹었다. 한 젓가락, 두 젓가락 끓여서 젊음의 열기를 나누어 먹었다. 아침 새해가 밝아 기념 사진도 찰칵 찍었다. 이러한 젊음의 낭만과 추억이 있어 지금 중년이 되어 글을 쓰는지도 모른다.

그때는 젊음 하나만으로도 너무 좋았다. 큰 자산이었다. 밝아오는 내일이 있었기에 힘든 일 좋은 일 참고 차곡차곡 마음 한가운데 추억으로 새겼다.

봄이 온다고 소식을 알리는 입춘, 우수 경칩이 지나고 봄이 찾아왔다.

새싹이 돋아 나는가 싶더니 녹색이 짙은 푸르름으로 다가왔다.

짧은 봄이 지나고 뜨거운 햇살이 내리 쪼이는 여름이 왔다. 여름에는 빼놓을 수 없는게 수련회 가는 것이다. 주일학교 교사로써 성경학교를 무사히 마치고 청년회에서 초복, 중복이 지나고 더위가 물러간다는 말복이 될 무렵 수련회에 가기 위해서 회의를 열었다.

여름날의 휴가를 받아 보성 율포해수욕장으로 즐겁고 유쾌한 기분을 만끽하기 위해 떠났다.

이 경로 전도사님 지도 아래 성경말씀을 공부하고, 레크레이션으로 바닷물 속으로 뛰어 들기 등 순서가 있었다. 나는 짠 물을 몸에 담그기가 싫었다.

바닷가 해변을 혼자 맨발로 거닐었다. 바닷물이 들어왔다 빠진 갯가에 조개껍데기 소라 등이 흩어져 있었다. 말 없이 조개, 소라를 주워 모은다.

남자 청년들은 시장을 보고 이것저것 사온 저녁거리를 장만하였다. 손쉽게 할 수 있는 카레라이스 였다.

감자, 양파, 당근 등등을 다듬어 깨끗이 씻은 후 네모 모양으로 잘라 기름에 볶으고 나중에는 고기를 볶았다. 카레를 물에 녹여 끓인 후 볶은 야채와 고기를 넣고 카레라이스를 만들었다. 밥을 지은 후 더운 밥에 카레라이스를 비벼서 열무 김치에 먹은 그 맛은 참으로 일품이었다.

저녁을 먹은 후 설거지도 남자들이 하고 모두 모였다. 하늘에는 보름달이 떠올랐다. 달빛을 배경삼아 모닥불을 피웠다. 기타를 치고 밤 늦게까지 노래를 부르고 젊은 열기를 여름의 한밤 꿈을 꾸듯 그렇게 흘러갔다.

이박 삼일을 보내고 평범한 일상으로 돌아왔다. 지휘자 모 씨는 이런 행사에 같이 하지 않았다. 결국은 견디지 못하고 여름휴가를 끝으로 팔월말 지휘자리를 그만 두게 되었다. 서로 마음은 있었으나 용기가 없어 더 이상 발전을 못하고 이별을 했다.

다시 만날 수도 볼 수도 없는 미지의 세계로 그렇게 떠났다. 그 사람이 아쉽고 서운하게 떠나자 마자 쓸쓸한 고독의 계절 가을이 되었다.

들에는 이름모를 들꽃이 피어 향기와 멋을 풍기며 다가오고 아시안 게임이 열리기 시작했다.

혼자서 마음을 정리하기 위해 그리고 언제부터인가 광주사태가 일어난 뒤부터 문학을 하기 위해 서울로 시집을 가야겠다고 생각을 했다.

꿈이 있었기에 이별은 참을 수가 있었다. 그 보다 더 친구들 선후배들의 죽음이 헛되지 않게 그리고 대변해서 글쓰기를 하고 싶었다. 그렇게 하기 위해 휴가를 얻어 긴 여행을 했다. 여행하면서 보고 듣고 상상하고 체험하면서 이 길을 가기 위해 직장을 그만 둬야겠다는 생각을 했다.

보름간의 아시안 게임은 성공리에 막을 내리고, 여러 곳을 구경한 나는 시월 중순 쯤에 집으로 들어갔다.

회사에 나간 나는 유종의 미를 거두기 위해 먼저 계장님에게 말씀을 드리고 다음에 나의 일을 할 사람에게 일을 가르치기 시작했다. 삼개월이면 사무볼 수 있는 안목이 생기기 때문에 가르치는데 여념이 없었다.

십 이월 성탄절이 지나고 종무식을 끝으로 나의 공직 생활은 마무리가 되었다.

내가 어려서부터 좋아하고 미지의 세계에 도전할 수 있는 일을 하기위해 고민 끝에 결단을 내린 이 길은 나 아니면 할 수 없다는 생각으로 모든 정열을 쏟아 글을 쓴다.

하느님도 나의 편이었다. 모두 나를 응원하였고 나의 길에 방해되는 자가 없었다. 하느님은 나에게 무안한 축복과 말씀으로 항상 기쁨을 주셨다.

소개

공직생활을 그만두면서 마음의 병, 잠 못이루는 불면증이 다시 생겼다. 의사 선생님을 찾아가 상담하고 치료를 하기 위해 요양소에서 쉬면서 문학에 대한 깊은 열정을 그만두지 못했다. 어려서부터 습관적으로 공부를 해왔고 "세살 버릇 여든까지 간다."는 속담이 있듯이 어려서 해왔던 것을 버리지 못했다.

1987년 6월 항쟁이후 대통령을 직선제로 하고 민주화의 열정이 최고도로 달할 때 내가 좋아하는 일을 마음대로 눈치 안보고 자유롭게 할 날이, 아니 그때가 오리라고 믿었다.

그 해에 대통령 후보에 출마해서 투표결과 노태우가 대통령에 당선되고 김대중 씨 김영삼 씨 김종필 씨 순서대로 표를 얻었다.

김영삼 씨가 12.12사태 때에 피해를 보았던 정승화 대장을 영입하였으나 김현희의 비행기 폭파사건 후 전국이 안정을 되찾아야 한다는 이유로 노태우 씨에게 표를 많이 주었다. 전국이 선거분위기의 들뜬 마음으로 이어서 4월달에 있을 국회의원 총선거에 쏠려 있을 때에 집안에서 김재완 당숙이 국회의원 후보가 되었다.

노태우가 선거에 출마하지 않으려 하자 여러모로 혜택을 줄 터이니 출마하라는 말에 의해 김대중 씨가 아닌 노태우 씨가 민정당 소속으로 출마하게 되었다. 이 선택으로 인해 김재완 당숙의 정치인생은 끝이 났다.

나는 운동권 학생으로 처음에는 선거운동을 열심히 해볼까 생각했지만 승산이 없었고 독재의 잔당에 협조 하는 것 같아 그만 두고 집에서 조용히 책을 보면서 지냈다. 내가 가야 할 길은 글로써 독재와 싸우는 것 그것으로써 나의 인생의 최고 목표를 세웠다.

시끄러운 분위기 속에서 봄을 보내고 뜨거운 여름 휴가철이 다가왔다. 작은 엄마의 친구 어느 집사님이 총각을 소개 한다면서 다방에서 선을 보듯 만났다. 그런데 그 사람은 내가 고등학교 다닐 때에 안면이 있던 사람이었다.

너무 뜻 밖의 만남이었다.

"대동고 나왔다고요. 반갑네요."

"경신여고 4회 졸업했다고요? 나도 4회생이에요."

너무 친근한 친구를 만난 기분이었다.

그때 그 시절의 이야기를 한참 했었다.

그런데 집사님의 말에 의하면 그 사람의 집안은 결손가정으로 아버지, 어머니가 사이가 좋았었지만 시집살이가 심하여 어머니가 친정으로 간 후 오시지 않아 지금의 서모와 살게 된 지 삼십년이 넘었다고 했다는 것이다.

그러나 그 말은 거짓말이었다. 나에게는 친어머니가 지금은 미국에서 살고 있다는 말을 했기 때문이다. 이런 저런 거짓말과 좋지 않은 가정사로 그 사람과 헤어지게 되었다.

여름의 짧은 만남과 헤어짐의 아픔으로 복잡한 생각으로 지냈다.

향긋한 과수원의 과일 익어가는 향기로 가을은 그렇게 찾아왔다. 너무 쓸쓸했다. 옆구리 한쪽이 텅 빈 것처럼. 너무나 허전하고 그 사람이 그리웠다.

가을 햇살은 눈이 시리도록 파랗고 너무 높은 아니 넓은 마음으로 우리의 가슴을 아름답게 수 놓았다.

국화를 꺾꽂이 해서 뿌리가 돋아나는 강인함을 배우면서 엄마가 없이 아니 뿌리 없이 아름다운 꽃을 피워내는 국화같이 강한 사람이라고 생각했다. 그리고 한 없이 그리워하고 말없이 그 사람을 사모하게 되었다. 그런 가운데 하느님께 기도를 했다.

나와 같이 평생을 같이 살 동반자라고 생각되면 그 사람을 다시 만나게 해 달라는 간절한 소원을 빌었다.

가정이 좋지 않아 만날 필요가 없다라고 상처를 준 몇 마디를 한 없이 후회하였다. 나중에 안 사실이지만 그 사람은 그날 나를 만난 후 할머니에게 울면서 '엄마는 나를 기르지도 않고 가버렸다.' 라며 부모를 원망하더란다고. 그러면서 기다리겠다고, 그 여자 나이가 많아 좋은 대로 시집가지 못한다고, 나에게 올거라는 희망을 가진다고…….

그 사람 고모가 전화오면 항상 '아가씨가 결혼 했냐 안했냐' 고 자꾸 물으면서 연결을 해 달라는 말을 많이 했었다고 한다. 그러면 그 이야기가 집사님을 통해 작은 엄마 귀에 들어와 나에게 연결이 되었다.

이처럼 인생은 돌고 도는 것. 한번 엉켜서 한 백 년 살아볼까 하노라는 시어를 읊으며 서울에 올라가 문학의 꿈을 펼쳐 보자 하고 나는 부풀어 있었다.

크리스마스가 있는 겨울이 되었다.

나는 그때도 혼자였다. 외롭고 그 사람이 그리웠다.

세찬 바람이 불어 겨울 속에서 다음해에 피울 씨앗들의 춥고 얼어 붙은 칼날 같은 추위를 이겨내는 슬기로움을 배우면서 봄을 기다렸다.

목련꽃 피는 사월에 우리는 다시 만났다. 서로 다른 환경을 이해하고 정리하는데 시간이 걸렸지만…….

따뜻한 봄날, 일요일. 그가 데이트를 신청해 왔다. 내가 자주 들러 음악 감상하는 커피숍 '베에토벤' 에서 만나 그 동안의 여러 이야기를 나누며 우리 다시 한번 사귀어 보자는 말과 내일 내가 출근을 하니 오늘 집에 가서 인사드리자는 말로……. 나는 하는 수 없이 집에 오는 것을 허락했다.

저녁을 집에 와서 먹고 고속버스터미널까지 따라가서 버스 타는 것을 보고 집에 들어와 그날밤 여러 가지 생각으로 잠을 이룰 수가 없었다.

여름에 만나서 가을, 겨울 계절이 봄으로 바뀌어 우리는 운명처럼 만나 사람의 힘으로 어찌할 수 없는 것처럼 가까이 서로 다가왔다.

한편, 정치권에서는 사월 총선에 여소야대로 여당이 야당에 끌려가는 가운데 1988년 서울 올림픽이 열렸다.

너무나 감격적인 순간이였다. 굴렁쇠를 굴리면서 나타난 여덟살 어린 소년이 제일 인상적이었고, 오래도록 기억에 남았다. 명실공히 대한민국이 세계무대에 나오는 한국을 알리는 좋은 기회로 서울 올림픽은 성공리에 열리고 막을 내렸다.

우리 나라의 경제는 무안히 발전하여 한강의 기적을 이루어냈다.

올림픽이 끝나고 국회가 열려 5공을 청산한다고 청문회가 열렸다. 전두환 씨는 88년 11월에 백담사 절로 들어가며 서울을 떠났다.

청문회에 12.12사태 5.18광주사태 등 시끄러운 여론에 못이겨 절로 쫓겨났지만 진상규명을 이루어지지 않았다.

이런 상황과 관계없이 박동민 씨와 나는 사귀게 되었다.

연애하는 기분이 이런 것인가 하면서 행복한 나날을 보냈다. 전화를 자주하고 토요일이면 광주에 내려와 데이트 하다가 남동생과 하룻밤을 자고 식구들과 서로 친해지기 시작했다. 엄마는 나이가 많아 결혼을 하지 못하는 딸을 걱정하다가 성실한 남자를 데려오는 것이 너무 좋아 맛있는 음식을 장만하여 사위감 대접을 했다.

늦은 나이에 만났지만 곧바로 결혼하지 않고 서로의 장단점을 알기 위해 대화하면서 사귀는 시간을 가졌다. 이러한 시간을 보내자 우리는 떨어져서 살 수 없다는 것을 서로 확인을 하였다.

11

결혼

사랑

우리는 그렇게 자라온 환경이 달랐다. 그러나 우리는 사랑하게 되었다. 누가 우리 사이를 갈라 놓을 수 없다고 하면서 그렇게 이유없는 사랑을 하게 되었다.

사계절이 오고가고 따뜻한 봄날이 되었다.

사랑은 서로가 주고 받는 달콤한 언어가 결코 아니다. 그것은 사랑하는 사람에게 조금씩 자기 자신을 떼어주는 철저한 자기 희생인 것이다.

상처 받은 서로의 가슴을 치료해주고 부드럽게 어루만져 주는 예수님 같은 사랑으로 세상을 살아가고 싶다. 이제 우리는 사랑의 실천을 위하여 한번쯤 자기 자신을 과감히 포기하는 뜨거운 용기를 가져야 한다.

지금 이순간 우리가 할 수 있는 것은 끝까지 간직해야 할 소중한 진실하나 넉넉한 웃음으로 축복하는 마음 그 살아있는 사랑의 실천이라고 생각한다.

동민 씨를 만나면서 자연적으로 교회에 소홀히 하게 되었다. 광주에서 살지 않고 넓은 서울에서 문학하면서 살아가는 꿈이 있었기에 교회에 나가지 않는 횟수가 많아졌다.

이 마음을 굳히는 계기가 된 것은 1989년 12월 31일 자정을 기해서 베

틀린 장벽이 무너지는 장면을 보면서 나는 흥분을 했었다. 유일하게 하나 세계에서 분단국으로 남은 우리나라에도 희망이 보였다. 너무나 간절히 글을 쓰고 싶어졌다. 이 봄날에 만남과 사랑, 결혼 그리고 글쓰기 모두가 다 나의 할일이었다. 하나도 포기할 수 없는 소중한 것들이었다.

버드나무 가로수가 심어진 사직공원을 걸어 올라갔다. 입장권을 사서 둘이 나란히 동물들을 구경했다. 아기자기한 일상 속에 사랑은 무르익어 갔다. 황혼이 뉘엿뉘엿 지는 노을을 뒤로하고 눈을 꼭 감은 채로 포옹을 멋있게 하고 키스도 달콤한 사랑의 언어로 했다.

"사랑해, 그대여."

"나도 당신을 사랑해."

서로 얼싸안고 한참을 붙어 시간이 흘렀다. 지나가는 사람들이 힐끗힐끗 쳐다보았다. 그런 시선도 아랑곳없이 서로 꼭 껴 안았다.

이윽고 짙은 어둠속으로 밤이 몰려왔다. 둘이는 서로 손을 놓지 않고 꼭 잡은 채로 거리를 쏘다녔다. 어디만큼 왔을까, 시내로 들어가 양식 전문점에 문을 열고 들어갔다. 분위기 좋은 쎄느에 들어가서 비후까스로 칼질을 하였다. 만족한 저녁을 먹은 후 내가 자주 가던 베에토벤에서 클래식 음악을 감상했다.

늦은 밤 둘이서 집으로 돌아왔다. 서로 다른 방을 이용하고 진한 감동으로 잠을 설쳐야 했다. 이윽고 아침이 되었다. 늦게 잠을 이룬 탓으로 열시경에 일어나 세수하고 늦은 아침을 먹었다. 오늘은 동민 씨와 나주에 가기로 약속을 한 날이다.

동민 씨의 고향은 나주시 금천면 오강리. 배가 많이 나오기로 유명한 고장이다. 배꽃이 하얗게 피어 흩날리는 봄날 손을 잡고 걸었다. 반갑게 맞아 줄지 모르는 동민 씨 아버지와 서모가 사시는 그곳에 가보기 위해 조심스럽게 집을 향했다. 아직 발전이 안된 농촌 시골 모습이었다.

동민 씨 부모님은 오래전 이혼을 해서 어머니는 재혼을 하셨고, 아버지는 동민 씨가 태어나기 전 바람을 피운 서모와 살게 된 지 삼십년이 흘렀다고 한다.

지금의 서모는 술집여자였다고 한다. 술집을 하시는 이모집에서 술을 따르다가 군인과 눈이 맞아 아이가 생겨 군인을 찾아가 보니 본처가 있는 사람이었다고 한다. 할 수 없어 아이를 지웠고 그때 동민 씨 아버지를 만났는데 아버지는 술집에 들러 농담삼아 총각이네 처녀네 말을 주고 받다가 눈이 맞아 동민 씨를 임신하신 어머니를 돌보지 않고 그 서모와 살림을 차려 들어오지 않았고 그후 아버지와 서모 사이에서 딸 하나 아들 넷을 낳았다고 한다.

그러나 친어머니는 동민 씨와 시어머님을 모시고 살려 했으나 외숙님이 동생의 불행을 보지 못하시고 "아직 젊은데 시어머니와 아이를 보고 살려고 하느냐. 다시 재혼해서 새로운 가정을 만들어 행복하게 살아라"는 말씀을 하며 시집올 때 해온 혼수품을 모두 태워버렸고 할수 없이 외숙을 따라가 혼자 사오년 수절하고 이북에서 내려온 좋은 분과 재혼해서 지금은 아들 둘만 낳고 살고 있다고 했다.

배나무 아래서 배꽃의 향기를 맡으며 이런 이야기 저런 이야기를 듣다 보니 점심 때가 훌쩍 지나 버렸다. 집에 들어가 보니 생각대로 서모가 있었다. 눈이 어두워 이웃집 아주머니가 점심을 해주셔서 맛있게 먹고 바로 집을 나섰다. 처음 보는 사람이라 이렇다 저렇다 말은 없었다.

버스 정류장까지 걸어서 400~500m 거리. 동민 씨 친구도 오랫만에 만났다. 한참 동안 추억 이야기를 하고 면사무소 앞에 있는 가게에서 소주 한 잔 기울이다가 월요일 출근 때문에 일찍 일어났다. 토요일 날 표를 미리 끊어 놓아서 시간에 맞추어 터미널에 들어가 버스를 타고 서울로 올라갔다.

봄빛 너울을 타고 피부에 와 닿는 상큼한 봄 내음새가 몸에 베여 있는 것 같아 기분이 상쾌하고 좋았다.

시간은 오후 네시쯤 조금 넘어 버스가 떠나는 것을 보고 터미널을 빠져 나왔다. 곧바로 집으로 가지 않고 충장로 시내로 갔다.

사람이 붐비는 삼복 서점에 들렀다. 괜찮은 책을 고르기 위해 한참 동안 여러 책들을 읽었다. 그 중에 괜찮다 싶은 시집 내용중 시어 한줄을 읽고 한참 생각하다가 그 책을 구입했다.

나는 그날밤 시집을 읽으며 밤 늦게 서울에 잘 도착했다는 동민 씨 전화를 받고 잠자리에 들었다.

새날은 밝았다. 엄마가 깨워 집에서 가까운 교회에 새벽 기도하러 나가며 새벽 공기를 마음껏 마셨다.

행복한 가정을 만들어 하나님께 기도하며 살아갈 수 있도록 해 달라고 간구했다. 건강하게 그리고 내가 좋아하는 일과 앞으로의 어렵고 힘든 일들을 헤쳐나갈 수 있게 용기를 주십시요. 기도하고 또 기도했다.

예배가 끝난 나는 집에 들어와 해맑은 봄볕아래서 어제 사온 시집을 읽으며 문득 이 봄날이 나에겐 마지막 아가씨, 노처녀 딱지가 떨어진 날이 되겠구나. 이런 생각을 하고 있었다. 그리고 어머니는 우리 딸이 늦게라도 시집을 간다고 좋아하시며 혼수품 장만과 여러 가지 준비를 위해 바빠하시는 것을 보고 나 혼자 슬며시 웃고 있었다. 이 아름다운 오후를 더 많이 즐기기 위해 오디오를 켰다. 마침 봄의 왈츠가 흘러나와 더욱 흥겨운 시간을 갖게 해주었다.

'따르릉……' 전화소리. 동민 씨 전화였다.

"점심시간에 시간이 나 전화 했어. 뭐하고 있어니?"

"응. 음악 듣고 있어. 동민 씨는 피곤하지 않아."

"청춘인데 무엇이 피곤하겠니. 너만 매일 보았으면 좋겠다."

"곧 결혼하면 매일 볼텐데. 참어."

"사랑해. 영원히 사랑해."

"me two."

전화를 끊고 동민 씨 생각하며 늦은 오후를 즐겼다. 왜 이리 하루가 후다닥 흘러가는지 너무 아쉬웠다.

청혼

맑고 고운 유리알 처럼 청아하고 신록이 짙어가는 오월이 되었다. 멋쟁이라고 소문이 났지만 서른이 넘도록 결혼을 하지 않았으니 궁금해 하고 청첩장을 기다리는 사람이 많았다.

동민 씨는 오월 어느날 시내에 있는 종로 다방에서 커피를 마시며 별 다른 이벤트나 꽃 같은 것을 선물하지 않고 그냥 고운말로 우리 매일 보면서 알콩달콩 재미있게 살자며 청혼을 했다.

나는 동민 씨를 애태우지 않고 곧 바로 결혼을 허락했다.

그 이후부터는 결혼준비에 필요한 결혼날짜, 패물, 한복, 예식장 예약, 신혼여행 기타 등등 준비로 바쁘게 움직이는 동안 초여름 6월이 되었다. 결혼은 한 더위가 물러가고 시원한 바람이 불어오는 9월에 하기로 했다.

동민 씨는 결혼 날짜도 정해졌으니 시할머니가 보고 싶다고 하니 인사차 서울에 올라오라고 하셨다고 한다. 혼자 가기가 그래서 여동생이 전남대 화학 교육과 3학년에 재학중이라 시험이 끝나고 방학을 해서 7월 초에 같이 올라갔다.

시할머니는 나를 보자마자 끌어안고 눈물을 흘렸다. 인사를 하고 동생이 서울은 처음이라 동민 씨와 같이 6.3빌딩 수족관과 여러 가지를 관람

했다.

고속터미널에 마중나와서 점심때가 지나 그곳에서 점심을 때우고 일찍 집으로 돌아와 집에서 엄마가 싸준 반찬과 고기로 시할머니의 저녁을 해 드렸다.

나의 외할머니는 나이가 많이 드셨지만 식사때가 되면 손수 손녀딸에게 음식을 가르친다면서 반찬이나 나물 등을 해보이며 가만히 계시지 않고 부지런하셨다. 그래서 그런지 지금은 연세가 팔십이 되셨지만 건강하시다.

그러나 시할머니는 손자, 며느리 효도를 받자고 아랫목에 가만히 앉아 상을 받으셨다. 이런 게 모두 자라온 환경이 틀린 것 때문이리라.

동민 씨네 집은 방 한 칸에 부엌과 화장실이 딸린 좁은 단칸 방에서 살고 있었다.

그날 밤 한 방에서 넷이 자는 게 불편했는지 동민 씨는 밤에 친구네 집에 간다는 말과 함께 나를 데리고 밖으로 나왔다. 그런데 간 곳은 여관방이었다.

그날 밤 나는 어떨결에 속아 첫날 밤을 보내게 되었다. 다음날 날이 밝자 동민 씨네 집으로 들어가 아침을 해 드리고 부랴부랴 집을 나와 광주 집으로 내려 왔다.

칠월 말, 팔월 초에 광주에서 마지막 여름날의 추억을 새겼다.

구월 초 결혼 날짜에 맞추어 토요일에 내려왔다. 한달동안 신부화장을 위해 알로에 맛사지도 받았다.

가장 아름다운 날, 가장 행복한 날 우리의 결혼식이 왔다.

신랑 신부 입장전에 화촉을 밝히는데 나에게는 시어머니가 계시지 않아 시아버지와 친정아버지 두 분이 촛불을 밝히셨다. 나는 신랑을 낳아주신 어머님을 뵐 수가 없었서 나무나 아쉬웠다.

결혼식은 무사히 끝나고 친구들과 단란한 시간을 보내고 시간 맞추어 광주 공항에 도착했다.

그날 결혼한 신랑신부들이 모여서 사십오분 걸리는 비행기를 타고 제주 공항에 내렸다. 제주 공항에 도착했을 때 잠시 비가 오다 그치고 우리는 정해진 호텔에서 짐을 풀고 밖에 나가 양식으로 저녁을 먹고 달콤한 신혼 여행을 즐겼다. 와인을 분위기 좋은 침실에서 마셨다. 너무너무 행복한 며칠이 구름같이 흘렀다.

무사히 신혼여행에서 돌아와 둘이서 손을 가만히 잡고 서울행 고속버스 네 시간 거리를 미래에 태어날 2세를 그려보는 이야기를 하며 무사히 보금자리로 돌아왔다.

시할머니는 시골로 내려가시고 난 후였다.

회사 동료들을 불러서 음식을 마련해 대접하는 집들이도 했다. 그후 추석 명절 시할아버지의 제사를 지낸 후 시댁 식구들과 부딪치는 시집살이가 시작되었다.

시집살이는 처음부터 시작되었다. 배다른 시누이가 임신한 몸으로 찾아왔을 때 일이다. 몇 가지 음식을 마련해서 시누이에게 대접했지만 시누는 서모인 시어머니에게 내가 김치 한 가지에 밥을 주더라는 거짓말을 하고 결혼하여 신혼재미에 푹빠져 있는 나에게는 시댁에 들어와 밥하고 빨래하고 청소를 안하냐고 우리집안 우습게 보느냐고 이럴거면 차라리 이혼을 하라는 별별 나쁜 소리를 하곤 했었다.

신경이 날카로울대로 날카로워진 나는 집안 일을 못하고 있는데 시누이는 나를 보며 '나이가 많아서 시집을 왔다고 혹시 유부남하고 잠자고 애를 떼고 시집온거 아냐. 이게 뭐야. 집안 일도 못한다' 는 억지 소리를 하는데 내가 시집을 온 3~4개월 동안는 인생에 있어 겪어보지 못했던 최악의 경험을 했었다.

이렇게 시누이가 나에게 못할 소리를 한 원인이 있었다. 시할머니가 아프고 나서 서모가 동민 씨 구박을 많이 했다는 것이다. 시할머니는 내가 죽고 없으면 서모가 동민이에게 아무것도 주지 않고 자기가 낳은 자식들에게 재산을 나누어 줄 것이라고 판단하셨던 것이다. 돌아가시기전에 손자 동민이 앞으로 시골 집과 대대로 내려온 논과 밭을 시아버지의 동의를 받아 증여하고 이전을 해 놓으셨다. 시누이는 그 재산을 자기에게 나눠줘야한다면서 모질고 독하게 시집살이를 시켰다.

나는 시할머니가 물려주신 재산을 내 대에 와서 망해 먹을 수는 없다는 마음으로 시집살이를 꿋꿋하게 견뎌냈다. 그러던 어느날 나는 엄마와 함께 광주 산부인과에 가서 진단을 받았다. 산부인과에서 "임신 삼개월을 축하드립니다."는 의사선생님의 축하를 받고난 이후부터 나는 아기만 생각하게 되었다. 그후로 시골에도 내려가지 않았다. 그러나 여전히 시누이는 어디에서 어떤 말을 들었는지 내가 아파서 신경정신과에 치료했던 것을 꼬투리를 잡아 정신이상자라며 이혼하라고 동민 씨에게 억지를 부렸다.

우리는 그럴수록 더 사랑하는 마음과 위하는 마음만이 깊어갈 뿐이었다. 우리는 남의 말에 신경쓰다보면 우리만 상처 받는다고 서로를 위로하며 꼬옥 손을 잡고 놓지 말고 죽음이 서로를 갈라 놓을 때까지 헤어지지 말자고 다짐하고 또 다짐했다.

동민 씨는 아버지가 이혼을 하고 받은 댓가는 평생을 뼈가 부서지도록 일하며 남편 대우를 받지 못했던 것을 보아 왔다. 어려서 배가 항상 고팠고 매 맞으며 서럽게 커온 자신의 상처를 내 자식들에게만은 물려주지 말고 화목한 가정을 만들어 주자 하면서 나를 꼬옥 안아주었다.

나는 그러한 일이 있고 난 뒤에 여자에서 아줌마로 되어가는 과정이 내 인생에 있어서 발전의 전환점으로 삼기 위해 마음을 가다듬고 창작에 몰두하였다.

그해 겨울은 추웠지만 마음은 참으로 따뜻했다. 신랑은 회사에서 끝나자 마자 돌아와 같이 놀아주고 먹고 싶은 음식은 다 사다 주었다.

아이가 태어나기전 우리는 서로를 너무 잘 알기 때문에 서로를 사랑하기에 넘어야 할 산과 건너야 할 강을 모두 다 건너와 비온 뒤에 다시 땅이 굳게 굳어지는 과정을 사랑하였다. 이러한 모든 것이 자라온 환경이 다른 동민 씨를 선택함으로 따라온 잡음이었다.

배속의 아가는 아무런 탈없이 무럭무럭 자라 제법 발길질도 하고 입덧도 심하지 않고 행복한 날이 계속되었다.

서울에서 산다

온 누리에 따사로운 햇빛이 내리비추는 희망의 봄날이 우리 앞날에 태어날 아기를 위해 축복해 주었다.

지난 겨울에 엄마의 배속에서 놀아주던 아기가 자꾸만 배가 불러 커나갈 때 나는 자꾸 잔잔한 마음속에 돌을 던져 파문이 일렁이는 것처럼 내 속에 꿈틀거리고 있는 잔 재주가 봄햇살을 받아 창공의 빛으로 화해 내 곁에 다가왔다.

고향 동네 남자친구가 모 신문사에 시험을 치르고 취직해 기자가 되었다는 소문을 들었는데 그 친구에게서 전화가 왔다.

어렸을 때부터 글을 잘 쓴 것을 보아왔다고 일이 바쁘니 좀 도와달라는 청을 하였다.

나는 너무 좋아 흔쾌히 승락을 하고 청탁이 들어와 이때부터 살림에 이모저모 보탬이 되기 시작했다.

나는 그렇게 희망의 봄날에 마음속에 수를 놓듯 한올한올 풀어서 글에 옮겨 나가기 시작하였다.

나의 천사 나의 첫딸 박 고운이 초록이 짙어가는 오월에 세상에 태어 났다. 너무너무 사랑스럽고 너무 예쁜, 말 할수 없이 기뻤다.

고운이를 얻음과 동시에 친정에서 몸조리를 하고 올라온 뒤 나의 일이 잘 풀려 나갔다.

그런데, 우리가 결혼하고 시골에 내려가 사신다고 한 시할머니가 중풍으로 쓰러지셨다는 것이다.

시할머님이 중풍으로 쓰러지셔서 고운이 백일도 치른 듯 만 듯 가까운 친구들과 간단히 식사를 마치고 아이를 안고 먼저 친정집에 들렀다. 일주일 정도 친정에 있다가 시할머니 병간호를 하고 계시는 나주 서모집으로 향했다.

서모는 나를 보자 마자 "나는 너의 어머니가 아니다. 유부남하고 잠자고 애나 유산시키고 시집오지 않았느냐." 서모 본인이 그렇게 하며 생활을 했던 것을 나에게 그런 말을 하는 것이였다.

나는 너무 기분이 좋지가 않았다. 아무리 재산이 탐이 나지만 나에게 그런 못할 소리를 하는 것이 탐탁지 않았다. 거기다 고운이를 낳아 온 사람에게…….

나는 아이를 위해 좋지도 않은 소리를 한귀로 듣고 한귀로 흘려 버리고 고운이를 데리고 부랴부랴 서울로 올라왔다.

그런데 또 생리가 나오는 날짜가 지났는데도 소식이 없었다. 혹시 병원에 가니 둘째 아이를 임신했다는 것이다.

아이 아빠는 아이를 지우지 말고 낳자고 하고 나도 귀하게 생긴 생명을 힘들다고 지우면 하느님께 벌 받는다는 생각에 낳기로 결정했다.

나는 둘째를 임신한 상태에서도 고운이를 키우며, 가끔식은 원고를 써 보내기도 하며 생활을 했다.

원고료가 많지는 않았지만 아이 키우고 집안 일하며 버는돈이기에 잔재미가 생겼다.

그리고 고운이 아빠는 월급을 받아 꼬박꼬박 통장에 넣어 주었다. 나는 우리집이 멀지않아 집도 장만할 수 있다는 꿈으로 신혼재미에 푹 빠져 있었다.

배는 점점 불러오는데 시골에서 시할머님이 오셨다. 서모가 중풍으로 쓰러지신 시할머니를 단칸방에서 못 모신다며 불편하신 할머니를 서울로 올려 보내신 것이다. 우리 집도 단칸방이다 보니 하는 수 없이 임신한 몸으로 방 두 칸이 있는 집을 구하러 돌아다녔다.

고운이는 업고 배속의 혜운이는 자꾸만 커가는 가운데 방을 계약하고, 이사하기 위해 짐을 쌌다.

5월 31일 이사하는 날 혜운이가 열달도 다 채우지 않고 세상에 태어났다.

이사한 날 아침 여덟시가 조금 넘어 희명병원에서 태어났다.

시할머니는 몸이 불편하여 한쪽을 못쓰시는데도 나에게 아들을 낳지 못했다며

"재수 나쁜 집에서 시집오더니 아들도 못낳았네. 이사를 한 날에 일도 안하고 애를 낳다니…… 쯔쯔." 라고 하셨다. 이때부터 나의 시할머니 시집살이가 시작되었다.

그렇지만 나는 세상을 다 준다해도 바꾸지 않을 귀한 보배 고운이와 혜운이를 얻어 너무 좋았다. 이 아이들을 보면서 사는게 너무 행복하고 재미있었다.

사흘간 병원에 있다 아이를 데리고 퇴원해 몸조리를 위해 친정으로 가려고 하는데 시할머니는 나에게 밥도 안해주고 친정에 가느냐, 내가 몸이 아프면 어떻게 하느냐며 너 아픈 것은 큰일이고 나 아픈 것은 내가 죽은 뒷일이냐며 악담을 했다.

그렇지만 나는 내 몸이 건강하여야 아이들도 건강하게 기를 수 있고 또 우리 가정이 화목해지기 때문에 친정에서 몸조리를 했다. 그리고 친정어머니가 지어준 보약도 열심히 한 달 동안 먹었다.

몸조리를 어느 정도 한 다음 아무래도 애 둘 데리고 시할머니 모시기는

어려울 것 같아 작은 딸 혜운이를 친정어머니에게 맡기고 나는 서울로 올라왔다.

힘든 한해를 보내고 있을 쯤에 고모님이 시할머니를 모시고 내려 가신다고 했다. 그런데 고모님이 전화를 하시면서 너 어떻게 그럴 수가 있느냐 하시는 것이다.

시할머님은 고모님에게 내가 밥을 굶겼다는 있지도 않은 말을 했다는 것이다.

시할머니는 내가 고기 반찬을 해 놓으면 밥상을 차려주지 않아도 혼자 차려 잘 잡수셨다.

그러나 된장국이나 김치찌개를 하면 밥을 드시지도 않으셨는데 어쩌면 내가 밥을 한달 동안 굶겼다는 거짓말을 해서 고모님에게 모진 말과 곤혹을 치루어야 했다.

그런 뒤부터는 우리 집으로도 오지 않고 고모님 집에서 삼 년간 계시다가 저 세상으로 가셨다고 한다.

10개월 동안 친정 엄마 손에 길러진 혜운이, 외할머니는 혜운이의 마지막 재롱을 보고 하늘나라로 가셨다.

외할머니는 손녀딸이 아이 둘을 낳고, 현호가 대학을 졸업하여 영광 원자력 발전소에 취직하는 것을 보았고, 군호가 행정직 공무원으로 광산구 구청에 다니고, 막내 미경이가 경기도 중고등학교 교사가 되기 위한 관문으로 임용고시에 합격한 것을 보시고 잠을 자듯이 편안하게 눈을 감으셨다.

나에게는 인생의 세찬 파도가 몰려 간 뒤 조용히 일상이 전개 되었다.

연년생인 딸 둘을 키우면서 나와 함께 웃다가 자매끼리 다투다가 어느 사이 모르게 새근새근 잠을 자면서 무럭무럭 건강하게 잘 자라주고 있었다.

나에게 아이 둘은 커다란 기쁨이고 즐거움이었다.

오늘도 나는 유모차에 아이 둘을 태우고 놀이터에 가서 고운이와 혜운이는 놀고 나는 책을 보며 다른 사람들이 아이를 키우듯이 나도 그렇게 평범하게 살고 있다.

이런 것이 하느님의 축복이 아닌가 하면서…….

건강하게 잘 자라는 아이들, 건강과 더불어 덤으로 주신 물질의 축복, 아이들 아빠의 건강과 승진, 모든 복이 우리 집에 몰려 들어왔다.

내가 결정한 결혼이 이제야 제 자리를 차지한 듯 모든 일이 순조롭게 잘 진행되었다.

여동생 미경이는 광명시에 발령을 받아 집에서 학교로 출퇴근을 하게 되었고 고운이가 네살, 혜운이가 세살 되던 해에 좋은 사람을 만나 결혼을 하였고, 남동생 둘도 좋은 여자를 만나 결혼을 하게 되었다.

우리 집은 긴 세월 끝에 편안하고 행복하게 평화가 찾아왔다. 세상은 울긋 불긋 단풍이 들고 낙엽되어 떨어지는 계절에 가만히 시어를 읊으며 다시금 문학에 대한 꿈을 키워 나간다.

지금은 남의 글을 대신 써주지만 나의 글을 책으로 엮어 나가기 위해 한줄한줄 영혼의 시어를 지어나갔다.

이 평화는 어렸을 때부터 꿈꾸어 왔던 나의 생활이었다. 마지막 잎새는 떨어지고 따끈한 커피가 그리운 겨울이 되었다. 한모금씩 마시는 그윽한 커피에 취해 문득 눈을 뜰 때 나의 예쁜 딸들이 재롱을 부리며 서로 안아달라고 때를 썼다.

두 아이를 품에 안을 정도로 힘이 세어졌고, 아가씨 때와 다르게 살집이 생겼고 먹는 것은 가리지 않고 잘 먹었다.

나는 두 아이의 엄마로, 건강한 아줌마로 변화되었다.

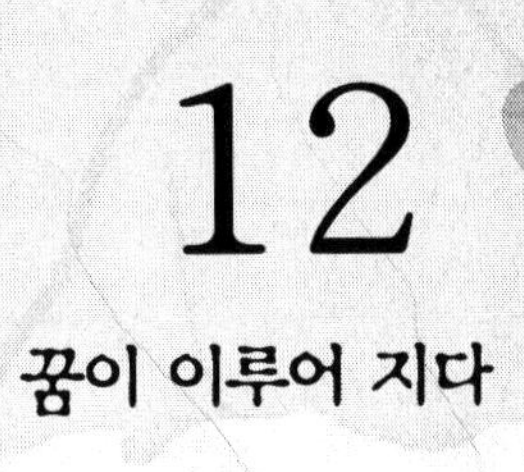

12

꿈이 이루어 지다

내집 마련

인생을 살아가자면 가장 큰 비중을 차지하는 게 내집 장만하는 것이다. 그리고 아이들 대학 보내고 아이들에게 맞는 짝을 찾아 결혼시키는 것 등을 들 수 있다.

우리는 첫번째 큰 관문인 집 장만을 위해 아파트 분양을 받았다. 아이들이 연년생이라 집안에서 떠들고 시끄러운 때가 많았다. 그럴때면 안집 주인이 야단치고 눈치를 주어 아이들이 자기 집이 아니라는 것을 알고 길가에서 노는데 어떤 아줌마가 나누어준 팜플렛을 들고와 집을 사라며 나에게 건내 주었다.

아이들이 가져온 팜플렛를 읽어 보니 귀가 솔깃해서 저축해 놓은 돈을 계산해 보고 그 회사가 부실한 회사인지 흑자 회사인지 알아보고 계속해서 신문을 읽어보았다.

팜플렛을 버리지 않고 가지고 있다가 이 내용이 신문에 나올 것이다는 확신으로 계속 신문을 보았다. 한달정도가 되자 신문에 팜플렛에 있는 내용이 나온 것을 확인을 했다. 조합 회사에 대해 문의를 하고 아이들을 데리고 가 계약서와 서류를 건네 받았다.

꿈에 그리던 집 장만이 눈앞에 펼쳐졌다.

큰 아이가 다섯살, 만 삼 년 걸리는 기간 동안 알뜰하게 살림을 해야 한다는 것은기본이지만 어쩔수 없이 아이들의 유치원도 2년만 보내야 했다.

그해 1995년 가을 김영삼 대통령이 금융실명제에 이어 검은 돈이 밝혀지면서 광주사태가 일어난 지 십오년만에 미완성으로 광주사태 진상규명이 이루어 졌다. 너무나 뜻깊은 해였다. 전두환, 노태우가 소환이 되고 감옥에 들어간 뒤 김대중 대통령이 대통령에 당선이 되면서 얼마 있지 않아 전 대통령의 예우 차원으로 가석방이 되었다.

광주사태가 밝혀지고 부상당한 사람과 희생된 사람들의 가족은 보상을 받았지만 사체가 없어 보상을 받지 못한 유가족들이 많았다. 정부는 미완성으로 밝힌 5.18 광주사태를 이제는 좀더 진실하게 사과할 수는 없는 것인가. 너무나 많은 세월이 흘렀지만 무엇을 숨기려고 애쓰며 침묵을 지키고 있는지 나는 알 수가 없었다.

처음에 광주사태에 총을 쏘라고 명령한 자는 누구인지?

희생자 및 실종된 자, 부상자는 몇명인지?

그 당시 군은 어떻게 동원이 되었는지?

한동안 시끄럽고 뒤숭숭한 한해가 가고 1997년 초 한보사건부터 부도가 터지더니 잇달아 대기업에서 부도가 터지기 시작했다. 그것은 민주주의를 파괴하고 독재가 들어서면서 정경유착을 통해 재벌위주의 정책을 펴온 탓이다. 국민소득 만불시대 선진국에 진입한다고 목청을 높인 것도 잠시 1997년 12월 3일 IMF 시대가 찾아왔다.

광주사태를 밝히면 발표해야 겠다고 써 놓은 참여시 한 권 분량을 독재에 의해 분실이 되고 그때 당시 책을 펴냈으면 호기심에 의해 많은 사람들의 입에 회자되고 읽혔을 텐데 그것은 물거품처럼 사라지고 청탁이 빗발처럼 들어왔다.

김대중 대통령이 1997년 12월 5.18국민의 정부로 대통령에 당선이 되었다. 예전에 대통령에 당선이 되었으나 박정희의 부정선거로 목숨이 위태

로울 때도 있었는데 대통령이 되기까지 감회가 새로웠다.

나라 안에서는 이렇게 어지러운 시대로 돌아가는데 우리 집에서는 예정대로 내집 장만의 부푼 꿈은 한발짝, 두발짝 실천에 옮겨 나가기 시작하였다. 드디어 1998년 7월 새로 단장한 아파트에 무사히 입주하게 되었다.

하늘에는 흰구름이 떠 있고 시원한 바람이 불어와 에어컨이 필요가 없는 자연 속의 그 바람이 여름내 불어왔다. 관악산 산줄기가 우람하게 펼쳐져 있는 전망이 좋은 우리들만의 공간, 높은 빌딩들이 한데 어우러져 한폭의 그림과도 같은 아담한 우리 집이 너무 좋았다.

여름에는 시원하고 겨울에는 따뜻한 새로운 시설의 아파트. 앞에는 도심의 한가운데를 가로 질러 시간에 맞추어 지나가는 전철, 그 앞에는 뾰족한 십자가가 세워진 교회와 복도쪽을 바라보며 은은하게 들려오는 성당의 종소리, 숲속의 매미들이 즐거움에 노래하는 칠월의 한여름, 사방으로 둘러쌓인 성벽과도 같은 산이 저멀리 녹색의 그림자를 지우고 우리의 서울을 지켜주고 있다.

우리 동네 옆길 건너 보라매 공원을 가려면 돌아서 한두 시간이 걸렸었는데 나무 계단이 있는 산을 오르면 절반이라는 시간이 절약되고 호숫가 주변에는 비둘기떼 참새떼들이 있고, 맨발로 공원을 걸어 호수를 돌면 더위에 늘어진 버드나무 사이로 보이는 비단 잉어, 거북이, 물고기들이 이리저리 헤엄쳐 다녔다. 운동삼아 한바퀴 돌고 다시 왔던 길을 되돌아 멈추어 서서 마시는 약수물은 너무 시원했다.

무더운 더위가 가고 단풍이 들어 보라매 야산에 울긋불긋 하더니 낙엽이 되어 떨어지는 가을이 가고 겨울이 되었다. 이사와서 그 이듬해부터 아파트 아줌마들이 부업을 한다면서 여러 가지 잔일을 하기 시작하였다. 그때부터 놀면서 사귀게 된 대성이 엄마, 희경이 엄마, 희영이 엄마, 주영이 엄마 등등 정겨운 이웃들이다.

겨울이 되었는데도 춥지 않은 우리집, 정말 살기 좋은 자그마한 그리고 글쓰고 쉬기 편한 집을 주신 하느님께 진심으로 감사드렸다.

잿빛 하늘에 쌓여 눈 내리는 멋을 직접 바라 볼 수 있는 현실과 따끈한 커피 한잔의 향기를 음미하면서 세상을 바라보니 밖은 차가운 바람이 세차게 불어댄다.

김대중 대통령 정부가 들어서면서 경제가 긴 수렁에 빠져 실업자가 200만을 육박하고 생활고에 시달려 길거리로 내몰린 가장이 속출하면서 가정의 존폐여부가 거론되는 위험한 상황에 처해있었다. 정부나 국민 모두가 좀 더 새로운 각오로 자기 일에 최선을 다해야만 한다. 그래야 삶의 질이 조금이라도 나아질 것이다. IMF시대의 표어는 '아나바다 운동' 아껴 쓰고, 나누어 쓰고, 바꾸어 쓰고, 다시 쓰자, 즉 생활속에 실천하면서 어려운 난국을 슬기롭게 헤쳐나가는데 뜻을 한데 모아야 한다.

그해 1998년도에 찾아 온 겨울은 높은 물가고에 서민들은 너무 추웠고, 월급쟁이들의 월급 동결과 보너스를 지급하지 않는 회사가 많았다. 경제성장률의 1~2% 하락으로 엄청난 실업자가 생겨 가정과 정부 다 함께 말할 수 없는 고통을 겪었다.

그러나 이렇게 어려운 IMF시대를 결코 비관하지 않고, 어려움을 이기며 눈부신 경제발전과 통일 할 수 있는 국민의 힘과 저력을 세계에 보여줄 수 있는 좋은 기회로 삼아야 한다고 나는 생각을 했다. 우리는 겪어 보지 않았던 배고픈 시절 60년대와 70년대를 생각해 조금이나마 나보다 더 어려운 이웃들에게 사랑과 도움을 줘야한다. 긴 겨울의 어두운 터널이 지나면 희망의 봄이 기다리듯이…….

음력 설날을 보내고 이월달 내내 나의 산문 시집 책을 출판하기 위해 원고 정리에 바빠있었다. 그토록 원하고 바라던 내 책. 원고 정리가 끝나던 날 신세림 출판사 편집부 부장님께서 직접 집으로 찾아오셨다. 신세림 출판사는 나의 첫 작품, 5.18 광주사태 시집을 분실하고 그 뒤 결혼과 동시에 틈틈히 써온 글을 책으로 엮어 세상에 빛으로 승화시켜 주신 인연이 깊은 출판사이다. 햇살이 곱게 내리 비추이며 꽃피는 마음속에 희망이 샘솟듯 우리 곁으로 다가와 고운 노래로 화답하는 봄날이 참으로 아름다웠다. 어렸을 때부터 꿈꾸어 오던 글쟁이로써 나의 책이 세상에 나왔다는 것이 너무 기뻤고 행복했다. 꿈이 이루어진 것이다. 내집 장만의 꿈과 작가로서의 꿈이 이루어진 것이다.

서기 2000년 대의 소원

우리 곁에 다가오는 희망의 봄은 온누리에 생명의 신비감을 선물했다. 짙은 고동색 빛깔의 나무가지에 물이 오르고 새순이 움트기 시작했다. 나비와 벌이 꽃을 찾아 날아들고 훈풍이 불어와 봄날을 찬미하였다. 이렇게 찬란한 봄이 온 세계를 세례하듯 햇살이 그윽하던 오월의 어느날 아버지는 췌장암으로 이세상을 떠나셨다.

처음에는 장염같이 설사를 하셨는데 건강에 이상이 있는 듯해 진찰을 받아보니 암 말기로 발병한 지 3개월만에 고운이가 세상에 태어난 날에 숨을 거두셨다. 우연히도 아버지는 본인이 태어나신 날에 돌아가셨다.

아버지 장례식을 기독교 형식으로 목사님의 설교 말씀과 기도, 찬송가를 부르고 5.8 광주사태 때 희생된 영혼들이 묻혀 있는 망월동 묘지에 안장을 했다. 깔끔하게 단장된 망월동 묘지는 녹음이 짙게 우거지고 여기저기 싱그럽고 그윽한 꽃향기가 진동하여 아버지의 죽음을 슬퍼하던 나의 마음을 위로는 하였지만 하늘을 위안삼아 말없이 누워있는 무덤가의 맑고 청량한 공기는 나의 마음을 아프게 했고, 가슴은 갈기갈기 찢기는 고통을 주었다.

아버지는 나의 책이 나온다는 사실을 알고 있었다. 그러나 책이 나오는 것을 보지 못하시고 다시는 오지 못할 나라로 가셨다.

아버지가 읽어 보지 못한『그리움, 하늘에 뜬 별이 되어 만나리』산문 시집을 김대중 대통령께서 감명 깊게 읽으셨다는 말씀을 들으셨다면 정말 기뻐하셨을텐데…….

서기 2000년이 밝아왔다.

밀레니엄 새천년은 우리나라에게 참으로 뜻 깊은 해가 되었다. 새봄에 국회의원 총선이 있었는데 사흘전 6월 13일에 남북 정상회담이 이루어 질 예정이라고 신문과 TV방송에서 특별보도되었다. 남북 정상회담은 긴장과 담담한 분위기로 이루워졌다고 한다.

그리고 2000년 6월은 우리에게 참으로 찬란했다. 저 푸른 창공은 북으로 갈 수 있는 하늘의 길이 열렸고, 오천년 역사가 함께 숨 쉬어온 그 삶이 우리 가슴에 깊숙히 박혀왔다.

따뜻하고 다정 다감한 김정일 위원장 목소리는 너무나 좋았다.

오십 오년 긴 세월을 돌아 여기에 왔다. 서로 얼싸안고 끌어 당기는 핏줄, 반기는 함성과 환영인파들은 너무 감격적이었다.

분단의 아픔은 상처가 아물고 새살이 돋아나듯 평양방문으로 종지부를 찍고 그토록 꿈에 그리던 만남의 순간으로 이어지는 이산 가족의 재회가 8.15 광복절 전후로 하여 오고 갈 수 있는 시대가 2000년 새날에 아름다운 서곡으로 장식했다. 참으로 벅찬 감격이었다.

우리는 하나이다. 우리는 공동운명체이다.

모든 분야에서 단계적으로 문제를 협의하고 의논하여 흡수통일이 아닌 정치 · 경제 · 사회문화 등 모든 분야를 개선해서 손잡고 통일 합시다, 잘 살아 봅시다 라고 외쳤다.

인천 국제공항에서 대통령 특별 전용기 1대가 순안공항에 도착해 남북 정상 회담을 하고 돌아온 현실. 갈 수 없는 곳으로만 생각했던 평양을, 두

시간도 되지 않는 거리를 이제는 갈 수 있고, 올 수 있는 시대에 숨쉬고 살아있다는 사실이 너무나 감격에 벅차올랐고 가슴이 뿌듯하였다.

그리고 이어 8월 15일 전후로 2박 3일에 이산가족의 짧은 만남속에 한반도에서는 슬픈 오열이 터져나왔다.

11월 12월에 이어 2차 3차가 진행되고 이젠 편지도 마음대로 할 수 있고 여러 곳에 면회소를 설치하여 만날 수 있도록 한다니 정말 여간 기쁜 일이 아니다. 이별이 오래되면 만나는 것은 당연한 일이다. 민주주의 공산주의 이념을 떠나서 우리는 한민족 공동운명체 한 핏줄이다. 누구도 이 역사의 흐름을 막을 수 없는 것이다. 남과 북의 차이가 진 경제 문화 사회의 통일을 시작으로 통일교육으로 이어져야 한다.

지난 과거 독일은 1970년도 정상회담을 시작하여 흡수 통일로 1990년에 베를린 장벽이 무너졌다.

우리 나라는 그런 통일은 부작용이 많기 때문에 남한과 북한이 적극적인 대화에 참여하여 남한의 투자와 선진국의 투자로 민주주의를 발전시켜 피를 흘리지 않는 평화, 완전한 통일이 목적이다.

우리는 그런 큰일을 이룩하기 위한 2000년에 첫발을 내딛었다. 이러한 가시밭길을 가기 위한 각오와 최선의 노력으로 통일을 하기 위한 마음가짐과 그리고 후손에 물려줄 영광된 조국을 건설하기 위해 각자의 맡은 일에 충실하여 조국건설에 이바지 하도록 하자.

한라산에서 백두산까지 삼천리 방방곡곡이 한마음 한 뜻으로 감격의 통일을 맞이하기 위해서 큰 장정의 길을 우리 모두 걸어가자.

그해 2000년 10월 13일 텔레비전에서는 김대중 대통령이 노벨평화상수상자로 정해졌다는 특별보도로 온나라에 축하메세지가 하늘로부터 울려퍼지고 있었다. 얼마나 감격스러운 일이며 얼마나 꿈에 그리던 일이던가.

이 일은 나에게 희망이 크게 보이고 자신감을 갖게 된 계기가 되었다. 문학을 하는 사람으로서 계속 한길을 걸어가면 언젠가는 정상의 자리에

도달할 수 있지 않을까 하는 생각도 했다. 꿈과 희망 그리고 이상이 내 가슴을 저미고 깊숙히 박혀오고 있었다. 하면 된다는 자신감과 용기를 갖고 계속 나를 채칙질하면서 노력하는 사람으로 세계 모든 사람에게 인정 받도록 노력을 할 것이다.

김대중 대통령은 2000년 6월 남북 정상회담에 이어 그해 10월 13일 노벨평화상을 타시는 영광까지 안으셨다. 나라의 경사다.

나는 글을 쓰면서 '세계속의 한국' 이라는 긍지를 가지고 국민의 한 사람으로 나라 발전에 기여하도록 힘을 써야겠다는 생각을 한다. 이런 생각도 통일이 되어가는 길에 기여하는 것이라 여긴다.

그런데 통일은 왜 해야 하는가. 누구나 한번쯤 생각해 볼 문제이다.

알지 못하는 사람은 통일 비용이 많이 들기때문에 우리 남한이 세금을 많이 내야 하니까 통일은 하지 않았으면 좋겠다 하는 사람도 있다. 그런데 분단 비용은 생각해 보았는가?

우리 나라가 반세기 동안 필요한 무기며 첨단 장비에 들어가는 돈은 일년에 약 15조에 이른다. 다른 나라는 일 년 예산의 7~10%인데 우리 나라는 20~25%나 된다. 통일비용은 1년에 5000억 약 삼십년간 15조를 북한에 후원해 주면 곧 철조망이 부서지고 남북한이 자유롭게 오 갈 수 있는 시대가 온다. 이 비용은 일시적으로 들어가지만 분단비용은 남북한이 대치하는 한 매년 들어 가야 하는 돈이다. 분단이 길어지면 길수록 우리 나라가 선진국으로 가는 길은 더욱 더 느려진다. 우리가 잘사는 길은 통일을 하는 것뿐이다.

통일이 되면 군사비용은 3분의 1로 줄어 들어 그 돈을 교육에 투자하면 사교육비도 들지 않을 뿐더러 유치원, 초등학교, 중학교, 고등학교까지 무료로 다닐 수 있고, 급식비 교과서대를 무료로 하고도 남는 돈이다. 우리 나라가 선진복지국가로 가는 지름길은 통일을 이루는 것이다. 이 모든 2000년대 소원을 하느님께 기도를 드렸다.

간절한 마음으로 꿈은 이루어진다. 하느님은 들어주신다라는 확신을 가지고 세상을 열심히 최선의 노력을 하면서 살아 가련다.

노벨 문학상 후보 작품에 오를 예정

세계 월드컵 축제가 2002년 6월 한국과 일본에서 공동으로 개최되었다.

우리 나라에서는 성공적으로 개최가 되어 온국민들이 건국 이래 처음으로 행복한 나날들을 보냈었다.

월드컵을 통해 우리 국민들은 무엇이든지 할 수 있다는 자신감을 갖게 되었다. 누구도 우리 한국 팀이 4강에 들 줄을 몰랐다.

그 동안 피나는 노력으로 일구어온 히딩크 감독과 23명의 태극전사 선수들에게 최선을 다해 경기를 보여준 신화창조에 무안한 발전과 격려의 박수를 보낸다.

바닥난 체력으로 끝까지 버티어가는 강한 정신력에 무한한 찬사와 너무나 잘싸웠다는 칭찬이 아낌없이 흘러나오는 함성 소리였다. '대한민국' 박수 소리와 '오 필승을 외치는 응원소리, 붉은 옷을 입은 온 국민들의 인파, 그 속에서 뭉쳐 나오는 힘, 월드컵 세계축제로 우리 한국 경제는 무한히 발전할 것이다.

부가 가치적 효과는 우리 나라 통일의 원동력이 될 것이다.

참으로 아름다웠다.

그리고 그해 12월 19일 대통령 선거에 노무현 씨가 대통령 당선자가 되었다. 예수님이 어두운 세상에 광명의 빛이 되어 오신 것처럼 희망을 주는 대통령이 되길 빌었다.

그런데 대통령에 취임한 지 10개월도 안되어서 노무현 대통령은 '힘들어서 대통령 못해먹겠다' 고 재신임을 묻겠다며 예정에도 없던 기자회견을 열었다. 그리고 국민연금의 재정 고갈과 국민들의 세금 인상으로 정년 퇴직후 국민연금을 적게 받을 수밖에 없는 현실로 국민들은 노무현 대통령에게 국민들에게 사과를 해야 한다는 뜻을 밝혔으나 대통령은 사과를 하지 않았다. 그 결과 한나라당과 민주당의 합세로 노무현 대통령의 탄핵 심의안을 통과시키는 결과가 나왔다.

그러나 헌법재판소의 결정은 국민들의 결정에 의해 당선이 된 대통령이 탄핵 받을 만큼 큰 잘못은 아니라는 것이다. 임기동안 대통령직을 수행하라는 판결이 나왔다. 또 얼마가 안되어서 수도를 천거한다고 온나라가 떠들썩 거리게 하더니 수도이전은 좌절이 되고 국민경제가 악화되어 IMF시대 때보다 더욱 경제는 어려워졌다.

2005년 6월 환경의 날 노무현 대통령, 이해찬 국무총리, 정동영 통일부장관, 환경부장관 등이 행사를 갖고 독재정권때 감옥에 갔다가 나온 어느 시인의 시를 낭송하고 모 작가협회에서 추천해 노벨문학상 후보에 올랐으나 탈락되었다 한다.

이 시점에서 나는 가만히 있을 수가 없었다.

나는 국문과를 졸업하지 않았기 때문에 우리 나라에서는 어떤 상도 탈 수가 없다. 영어로 가능한한 번역을 하여 세계시장에 내어 놓아도 손색이 없으니 번역을 해야겠다는 생각으로 그동안 산문시집과 소설, 수필, 산문집의 운율이나 리듬 등등 우리의 전통틀을 벗고 우리의 한글을 아는 칠천만 민족으로만 국한되지 않은 선진국 중진국 60억 인구를 향해 마음에서 우러 나오는 언어로 써 내려갔다.

나는 꿈이 있다.

어려서부터 문학으로 일관된 삶속에서 새로운 것을 발견하고 노력하면서 국가가 밀어 주어야 세계에서 가장 권위있는 노벨문학상을 탈 수 있는 꿈을 현실로 이루기 위해 밤마다 깊은 잠을 이루지 못하고 깨어서 기도하고 최선의 노력을 하는 아름다운 나 자신을 가꾸어가면서 하루하루를 성실한 삶으로 일군다.

우리 나라는 2000년 남북 정상회담을 시작하고 몇 년 뒤 통일이 되어 철조망이 부서지고 자유롭게 오고 갈 수 있는 시대가 오리라고 두손 모아 간절히 기도를 한다. 그리고 독일의 통일의 사회, 경제면에서의 부작용을 보며 우리 나라는 독일 통일보다는 10년 정도 연장해서 경제적으로 발전을 이룩해 놓고 평화통일을 하면 얼마나 좋은까 하는 생각도 해 보았다.

세계가 같이 할 수 있는 민주주의 이념. 1960년 4.19의거, 1961년 5.16 혁명 이후 독재가 강한 정권을 잡고 1980년 5.18 광주사태는 사실상 우리 나라 민주주의 시작이었다.

이러한 시대를 살아온 나 자신은 어렸을 때부터 써온 창작 작품을 2005년 11월에 열린 부산 APEC(아시아 태평양 경제협력회의)과 홍콩에서 12월에 열리는 WTO에 지적 수출을 할 수 있었으면 하는 바람이다.

이 두 회의에서는 지적 재산권 대우 저작권도 포함되어 있다.

김대중 전 대통령과 정부에서는 나의 작품을 노벨문학상 후보로 추천해 준다면 선진국 복지국가 건설에 눈부신 발전을 거듭할 수 있는 좋은 기회라고 믿는바이다. 대한민국과 온 국민들을 사랑한다.

망월동에 핀 진달래 철죽꽃

김 영 임 |자화상적인 실화소설|

2006년 03월 10일 초판인쇄
2006년 03월 15일 초판발행

지은이 : 김 영 임
펴낸이 : 이 혜 숙
펴낸곳 : 도서출판 신세림
100-015 서울특별시 중구 충무로5가 19-9 부성B/D 702호
표지/편집디자인 : 엄 은 미
등록일 : 1991. 12. 24
등록번호 : 제2-1298호
전화 : 02-2264-1972
팩스 : 02-2264-1973
E-mail : shinselim@chollian.net

정가 9,000원

ISBN 89-5800-044-9, 03810